略奪されたフィアンセ

水島 忍

Illustration
ウエハラ蜂

gabriella

略奪されたフィアンセ

contents

gabriella

イラスト／ウエハラ蜂

略奪されたフィアンセ

第一章　不埒《ふらち》な婚約者

その日、ケイトリン・ホワイトは朝からずっとそわそわしていた。

今夜、ホワイト邸で催される舞踏会で、ケイトリンの婚約が発表される。落ち着かなくても当たり前かもしれない。

相手はサットン子爵のネイサン・リーガン。わずか数日前に父に紹介されたばかりの男性だ。父はずっと前にケイトリンの花婿として、彼に狙いを定めていて、二人は合意に達していたらしい。婚約発表の日も結婚式の日取りもすべて決まった後で、ケイトリンは彼を紹介されたのだ。

ケイトリンは十八歳で、去年、田舎の修道院付属の女子寄宿学校を卒業した。予定ではこの春から社交界にデビューするはずだった。卒業してロンドンにあるこの家に帰ったとき、父もそう言っていたのだが、気が変わったのだろう。

何年もの間、ケイトリンは寄宿学校で暮らしていた。確か八歳で入ったから、十年間もほぼ学校内で生活していて、やっと厳しい規律に縛られない自由な暮らしができると思っていたのに、それも一年ももたなかったというわけだ。結婚生活がどういうものかは知らないが、本で読んだ限りでは、必ずしも幸せになれるわけではないようだった。

それでも、父が決めたことだから……。

ケイトリンは寄宿舎のベッドで、卒業した後のことをいつも夢見ていた。社交界で流行のドレスを着て、たくさんの人とおしゃべりしたり、ダンスをすること。理想の男性と出会い、恋をすること。その人と楽しく語らい、馬車で出かけたり、一緒に歩いたりすること。

そう。何より、その男性に愛されて嫁《とつ》ぐことを夢見ていた。

だが現実は、自分の家の書斎で、父に決められた婚約者と対面しただけだった。そして、慌ただしく結婚することになるという。

ただ、ひとつの救いは、ネイサンが決して年寄りでもなく、太ってもおらず、なかなかの美男子であることだった。そして、何より子爵という爵位を持っていること。いや、ケイトリンにはどうでもいいことだが、商人の父には意味のあることだ。娘を子爵夫人にすれば、社交界でも大きな顔ができる。成り上がりと馬鹿にされることなく、商売にも役に立つからだ。

そんな父の企《たくら》みに乗ったとはいえ、彼は初めて見るケイトリンに、嫌な態度は取らなかった。それどころか朗《ほが》らかに笑い、ケイトリンの手を取り、指にキスをしてきた。

『なんて愛らしいお嬢さんだろう。こんな花嫁をもらえて、僕は幸せ者ですよ』

少し口が上手《うま》いとは思ったが、それでもケイトリンは愛らしいと褒められて嬉《うれ》しかった。

だって、今までわたしにそんなことを言ってくれた人がいたかしら。

誰もいない。母はケイトリンが生まれてすぐ亡くなってしまった。父も六歳年上の兄ジョージも、ケイトリンには無関心だった。四歳年上の姉メグに至っては、いつもケイトリンを憎み、蔑《さげす》み、罵《ののし》っていた。

『ケイトリンがお母様を殺したのよ！』

メグはよくそう言っていた。ケイトリンが泣き出すまで、執拗《しつよう》に苛《いじ》めてきたのだ。

父は母を愛していたから、今も再婚をしていない。父がケイトリンを寄宿学校に入れたのも、母とそっくりの蜂蜜色の髪やはしばみ色の瞳を見る度、つらくなるからだと、メグは言った。兄は何も言わなかったが、残酷なほどケイトリンを無視していた。

寄宿学校でも、褒められるのは容姿などではなく、真面目で成績がいいことばかりだった。

『皆さん、ケイトリンを見習いましょう』

いつもそう言われていたため、ケイトリンはあまり友人らしい友人がいなかった。真面目な堅物だから、仲間に入れてもらえなかったのだ。ずっと孤独だったが、もう孤独には慣れてしまっていた。

そんなケイトリンだったが、今日は初めて主役になれる日だ。

わたしのための舞踏会……！

憧れていた流行のドレスも作ってもらった。父の愛情ではなく、見栄《みえ》のおかげだということは判《わか》っていたが、とても贅沢《ぜいたく》な生地でレースもふんだんに使ってある。こんな素敵なドレスを目にしたのは、生まれて初めてだった。

そして、今、ケイトリンはそのドレスを身につけて、鏡の前に立っていた。いつもと違う自分がそこにいる。

今まで飾り気もない鼠色《ねずみいろ》のドレスにおさげ髪だったケイトリンは、あか抜けない少女に過ぎなかった。しかし、今日は社交界にデビューしている若い女性と同じように見える。

蜂蜜色の髪は凝った髪形にされていて、花があしらわれている。メイドだったポリーは手先が器用なことを買われて、今はケイトリンの小間使いをしているが、この髪形も彼女の力作だった。

「お嬢様、とてもお綺麗ですよ」

ケイトリンはポリーの褒め言葉に微笑《ほほえ》んだ。褒められることには慣れていない。綺麗だと言われることも。

いいえ、これはお世辞なのよ。それに、こんな豪華なドレスを着ていれば、そういうふうに見えるのかもしれない。中身はまだおさげ髪の少女と変わらないのに、急に綺麗になれるはずがないじゃないの。

もし本当に綺麗だったら、家族はもっとわたしを愛してくれていたはずよ。

でも、わたしの目にも、今の自分の姿は美しく見えているわ。

鏡の中で、大きなはしばみ色の瞳がまたたいたのを見て、ケイトリンはふと父の書斎の壁にかけてある亡き母の肖像画を思い出した。母ほど美しくはないが、やはり親子なのだろう。今の自分の姿は肖像画の母を思い起こさせた。

「そろそろ時間だわ。遅れると、お父様のご機嫌が悪くなるわね」

ケイトリンはポリーにそう言うと、自分の部屋を出て、階段を下りていった。階下のホールには、父と兄のジョージがいた。ケイトリンが下りてくるのを見て、二人は何故《なぜ》だか驚いたような顔をする。

「ケイトリン……おまえか！　ドレスでこんなに変わるとはな」

ジョージは今までケイトリンには無関心だったので、顔もよく覚えていなかったのではないかと思った。だから、ドレスくらいで、変わったと言うのだろう。

「わたしは何も変わらないわ」

父はじろじろとケイトリンを見ていたが、やがて注意をする。

「もうすぐ、おまえの婚約者が来る。それから、たくさんのお客様が見えるから、おまえもホールで出迎えるんだ。失礼のないようにな」

「はい、お父様」

ケイトリンは父には逆らわない。

でも……。

本当はまだ結婚したくない気持ちはある。心の隅に。

ネイサンは悪くない相手だと判《わか》っているが、決して理想の花婿というわけではない。後で、姉のメグが意地悪く教えてくれたところによると、ネイサンは女たらしとして有名な男だった。

『きっと浮気するわよ。でも、仕方ないわ。子爵夫人になれるんだったら、それくらい我慢しなきゃね』

メグは三年前に結婚している。相手は貴族ではなかったが、立派な地主の息子だ。まさかケイトリンが子爵夫人になることに嫉妬しているわけではないだろうが、ネイサンのことで忠告する顔はとても嬉しそうだった。

ケイトリンは惨めな気持ちになりながらも、この婚約から逃れるすべはないと判っていた。父が決めたことだもの。わたしは運命を受け入れているわ。

十八年前、母はケイトリンを産んですぐに亡くなった。そのことでケイトリンはいつも罪の意識を持っていた。もちろん、それは子供だからそう思わされてしまっただけで、理性的に考えれば、自分のせいではないことは判っている。

世の中の女性の何割かは、出産で亡くなっていた。だからといって、それは生まれてきた子供の罪であるはずがない。修道院のシスターがそう言っていたし、本にもそんなふうに書いてあった。

でも、罪の意識はわたしの心の奥底に刻みつけられてしまった……。

だから、ケイトリンは父の決定に逆らうことはないのだ。父が子爵夫人の父親になりたいというのなら、その希望を叶《かな》えてあげよう。それがケイトリンにできる精一杯の償《つぐな》いだった。

それに……。

ネイサンだって、女たらしかもしれないが、そんなに素行が悪い青年というわけでもないようだ。愛らしいと言ってくれたし、礼儀正しかった。朗らかで笑顔が素敵だし、ひょっとしたら、結婚すれば彼を愛せるかもしれない。

そして、もしかしたらわたしも愛してもらえるかも……。

妻として、きちんと家庭を守っていれば、素晴らしい未来が待っているかもしれない。

ケイトリンはネイサンとの結婚に、わずかな希望を抱いていた。

やがて、ホワイト邸に客が訪れ始めた。

玄関から入ってすぐのホールで、ケイトリンは父とジョージ、そして胸の谷間が露《あら》わになったドレスで現れたメグと共に、客を迎え、挨拶をした。

メグはケイトリンを見るなり、ギュッと唇を引き結んで、何も言わなかった。何故だかとても機嫌が悪いようだったが、客の前ではそれを押し隠している。笑顔で客をもてなしているところを見ると、彼女はやはり世慣れた既婚女性なのだという気がした。

ケイトリンは緊張のあまり、上手く笑うことができないでいる。けれども、何年もの間、ケイトリンの世界は寄宿学校の中だけだった。社交界でどう振る舞えばいいのか、知識だけはあるが、実際に経験のないことだから、ぎこちなくても仕方がないと思うのだ。

しばらくして、ネイサンがやってきたとき、ケイトリンは早くも疲れていた。しかし、婚約者のことは自分なりに温かく迎えようとした。これから自分の夫になる人だからだ。彼もケイトリンの変身ぶりには驚いているようだった。

「ケイトリンかい？　ずいぶん変わったね。……これなら悪くないかもしれないな」

「えっ？　何がですか？」

悪くないとはどういう意味なのか判らず、ケイトリンは尋ねた。彼はニヤリと笑うと、首を横に振った。

「いや、こっちのことだよ。君を花嫁にできるなんて、僕は幸せ者だな」

「ま、まあ……」

彼はお世辞を言っている。それが判っていても、ケイトリンは舞い上がった。

今夜は特に初めての舞踏会だから、興奮しているのだ。それに、さっきからケイトリンはやってきた客に、美しいと褒められ続けている。ひょっとしたら、自分が本当に綺麗なのではないかと自惚《うぬぼ》れてしまうくらいだ。

とはいえ、慣れない褒め言葉に対して、気の利いたことも言えずにもじもじしていると、横からメグがネイサンに挨拶をする。

「子爵様、わたし、ケイトリンの姉でメグと言いますの。子爵様と妹との縁談を、本当に嬉しく思っております。これから、親しくお付き合いできますね。わたし達、これから義理とはいえ姉弟の間柄になるんですもの」

メグはネイサンに向かって、睫毛《まつげ》をぱちぱちさせて、しなを作った。

「こんな美しいお姉さんがいらっしゃるとは知りませんでしたよ」

ネイサンの視線はメグの胸の谷間に向けられている。ケイトリンは舞い上がった気持ちが急に地面に叩《たた》きつけられたような気がした。

メグは微笑みながら、ネイサンの腕に触れる。

「あら、わたし、結婚してますのよ。でも、もしダンスしてくださるなら……」

「もちろん、申し込みますよ」

ネイサンは傍《かたわ》らのケイトリンのことを思い出したのか、急にこちらを向いた。

「君もね。どのみち、婚約発表の後で踊ることになると思うけど」

「ええ……そうね」

つまり、わたしと踊るのは義務からなのね。

メグがほくそ笑んでいる。婚約者が女たらしだということを、彼女はわざわざ証明してみせたのだ。ネイサンは驚くほど簡単に、メグの手玉に取られていた。というより、やはり彼にとって、ケイトリンとの結婚は父との取り引きの結果に過ぎないのだろう。ケイトリン自身には、なんの興味もないのだ。口先でお世辞を言うだけで。

それでも、彼は父が選んだ花婿だ。彼がどんな人間だろうと、ケイトリンにはどうしようもないことだった。自分の夫になる相手だというのに、自分にはなんの選択肢も与えられなかった。

お父様はわざとわたしを不幸に陥《おとし》いれる気ではないかしら。

いや、そこまで憎まれてはいないはずだ。そう思いつつも、自信がなかった。

ケイトリンは胸の痛みを心の隅に追いやった。父に愛されていないことを考えると、苦しくなってくる。それは、いつまで経《た》っても、ケイトリンには解決できない問題だからだ。それどころか、一生ついて回るだろう。

客はたくさん集まった。大広間では音楽が演奏され、ダンスも始まっている。ジョージとメグは客の相手をするために移動しているが、ケイトリンは父と共に、客をホールで待っていた。父が言うには、大物の客が一人まだ来ていないという。

「その方、お父様のお仕事に関係している方なの？」

「そうだ」

父は口数が少ない。いつもケイトリンにはそういう態度を取っていた。物心ついたときから、そうなのだ。父から愛されることなんて、もうないのだろう。それでも、ケイトリンはほんの少しの望みを持っていた。父の言うとおりにすれば、少しは気にかけてくれるかもしれない。だからこそ、ネイサンとの結婚を受け入れたのだ。

やがて、その客は現れた。

年齢は二十代後半だろうか。黒髪のその男性は黒い燕尾服《えんびふく》に身を包んでいる。均整の取れた長身で、顔は整っているものの、その青い瞳はとても冷ややかに見えた。高位の貴族らしい不遜さがそこに表れているような気がして、ケイトリンは彼に目を惹《ひ》きつけられながらも、反発心を覚えた。

「オルフォード伯爵閣下！　ようこそお出《い》でくださいました」

父は彼を歓迎して、二人は握手を交わした。今日の舞踏会に出席する貴族は、ネイサンの他には彼だけだった。

「ご招待ありがとう。……こちらが婚約を発表されるお嬢さんですか？」

彼の青い瞳がこちらを射抜くように見つめる。ケイトリンは何故だか息ができなくなるような衝撃を受けた。

「娘のケイトリンです。ケイトリン、こちらはオルフォード伯爵閣下だ。ホワイト商会にとって、とても大事な取引相手でもある」

ケイトリンは彼の視線を避けるように目を伏せて、挨拶をした。

「初めてお目にかかります、伯爵閣下。ようこそ、お越しくださいました。ごゆっくり楽しんでいってください」

目の前に白い手袋をはめた手が伸びてきて、ケイトリンの手を取った。もちろんケイトリンも手袋をはめているが、彼はその手の甲に唇を押し当てる。直に彼の唇に触れられたわけでもないのに、ドキッとした。

「美しいケイトリン嬢、最初のワルツを私と踊っていただけますか？」

ケイトリンの胸は高鳴った。

客の中に、同じようにケイトリンを褒めてくれた人はいた。手にキスをされたのも初めてではない。けれども、彼の仕草はあまりにも優雅で、それなのにどこか冷ややかで、それ故にケイトリンの心は揺さぶられてしまった。

「は、はい……。もちろん喜んでお相手致します」

父の大事な取引相手なのだから、そう答えるのが正解だ。けれども、彼とダンスすることを考えると、それだけで脚が震えてきそうになる。

だって……彼の眼差《まなざ》しには普通の人とは違うものがあるんだもの。

そうだわ。あれは孤独の影……？

それは、ケイトリンの瞳の中にもあるものだった。だが、ケイトリンの瞳は弱々しいのに対して、彼の青い瞳はとても強烈な光を放っている。それが怖いのに、ケイトリンは彼に強く惹きつけられていた。

「では、後ほど」

彼はそう言い残して、大広間の人込みに消えていった。

父とケイトリンも大広間に向かう。

「ケイトリン、くれぐれも伯爵には失礼のないようにな」

「はい、お父様」

「それから、あまり羽目を外すんじゃないぞ。今夜は婚約発表をするんだからな」

ネイサンのメグを見る目つきを思い出して、ケイトリンは憂鬱になった。結婚後も、やはり彼は浮気するのだろうか。

いや、彼が浮気をしたくならないように、いい家庭を作ってあげればいいのだ。居心地のいい家庭なら、寛《くつろ》げるはずだ。ケイトリン自身は疎外されて育ったが、自分の子供はそんな目にあわせないつもりだ。物語に出てくるような、家族が愛し合うような家庭を作りたいと思っている。それには、夫の協力が必要だった。

大広間では大勢の男女が楽しそうに踊っている。そして、飲み物を手に談笑する人々の中に、ケイトリンはネイサンの姿を捜した。

彼は女性に囲まれて、笑っていた。彼はとても好青年なのだから、人気があるのも判る。そう思いつつも、ケイトリンは彼に自分から近づけなかった。あの女性達を見ていると、自分は場違いな気がしてくるからだ。

せっかく着飾っているというのに、ケイトリンは自分に自信がなかった。客は美しいと言ってくれたが、それを真に受けてもいいものだろうか。それに、やはり社交界にデビューすらしていないから、どう振る舞うのが正しいことなのか、よく判らなかった。

正直なところ、挨拶以外、何を話していいのだろう。ケイトリンは大広間にひしめく客を見て、途方に暮れていた。

ふと気づくと、伯爵が目の前にいた。

「次はワルツですよ」

「え……はい」

彼に手を取られて、大広間の真ん中に連れていかれる。優雅なワルツの音楽が流れて、彼はケイトリンをリードして、踊り始めた。

寄宿学校では、ダンスの授業があった。ダンス教師の手を打つリズムに合わせて、何度も何度も踊らされた。時には、音楽教師のピアノに合わせて踊ることもあった。女子しかいないので、交替で男性の役もしなくてはならず、ケイトリンはどちらのパートでも踊れた。

たとえば、わたしが伯爵をリードすることだって、できるのよ。

それを想像してみて、ケイトリンは思わず微笑んでしまった。

「どうしました？　何か面白いことでも？」

伯爵の前で笑う気はなかったのだ。彼にはできるだけ礼儀正しく接しなくてはならない。ケイトリンはさっと笑みを消した。

「……申し訳ありません。少し思い出したことがあって……」

「それが何か教えてくれないかな？」

「あの……大したことではないんです」

伯爵はクスッと笑う。冷たいと思っていた青い瞳が、笑うと柔らかい印象になって、ケイトリンは警戒する気持ちを緩めた。

「私に秘密を打ち明けられないかな？　君を取って食おうとは思っていないから、もっと肩の力を抜いたらいい」

彼を怖い人だと思い込んだのは、間違いだったかもしれない。ケイトリンは彼の言うように、少し力を抜いた。

「わたし、寄宿学校で習ったダンスのことを思い出していたんです。練習するときに、男の役で踊ることもあるんですよ。わたしが伯爵様をリードして踊ったら、みんなが驚くだろうと思ったら、おかしくなってしまって……」

それを聞いた彼は笑い声を上げた。楽しそうな笑い声で、ケイトリンは彼と一緒にいることがとても居心地がいいと感じた。最初の印象とは全然違う。貴族なのに、気さくな人に思えた。

「それは確かに驚くだろうな。一度、交替してみようか？」

彼はよほどおかしかったのか、まだクスクスと笑っている。

「今夜は羽目を外してはいけないと、父からきつく注意されていますから」

「まあ、そうだろうね」

「そういえば、今日の婚約発表のことを、父が話したのですか？　てっきり、今日の日のために秘密にしているのかと思っていました。それとも、伯爵様は特別な方だからでしょうか」

「『伯爵様』というのは、堅苦しいな。ジェイクと呼んでほしい」

「えっ……でも、それは馴《な》れ馴《な》れしいのでは……？」

父の大事な取引相手でもあるのに、そして爵位があるのに、名前で呼んでいいのだろうか。前から知り合いである父でさえ、伯爵閣下とまで呼んでいる。

「いや、そう呼んでくれ。君のことはケイトリンと呼ぶ」

案外、彼は気さくな人なのかもしれないわ。

ケイトリンはそう思った。堅苦しい呼び方より、名前で呼ばれたいと彼が望むなら、そう呼んだほうがいい。

「ジェイク……」

彼はにっこり笑った。

「なんだい、ケイトリン」

何故だかとても親しげな感じになってしまい、ケイトリンは頬を染めた。彼とはもう二度と会わないかもしれないのに、今はこうして昔からの友人同士みたいに名前を呼び合っていることが不思議に思えてくる。

「そんなに頬を赤くして、可愛いね。君は本当に綺麗なのに、まるで驕《おご》り高ぶったところがないんだな」

「だって、わたしは綺麗なんかじゃないんですもの。綺麗に見えるとしたら、ドレスや髪形のせいです」

彼は驚いたように、目をしばたたかせた。

「ドレスや髪形のせい？　それだけで変わるなら、社交界は美人だらけだ。君はどうして自分が綺麗じゃないと思っているんだ？」

「思っているだけじゃなくて、そうなんです。わたしをからかわないでください」

ケイトリンは恨めし気に彼を睨《にら》んだ。

せっかくいい気分だったのに、台無しだ。どうして、彼はこんなことを言って、自分を当惑させるのだろうか。

「まあ……いいさ。ところで、さっきの君の質問だが、婚約のことは噂《うわさ》になっていたんだ。君の婚約者が触れ回っていたからね」

「そうなんですか……。わたし、社交界にデビューもしていないから、そういったことには疎いんですけど、婚約発表のための舞踏会だということも、皆さん、ご存じなんですね？」

「ああ、そうだと思う」

それなのに、ネイサンは女性達に囲まれて、楽しそうにしていた。あの女性達もみんなネイサンの婚約を知っているのだろうか。知っていて、あんなふうに親しげに振る舞うなんて、とても信じられない。

踊りながら、ふとネイサンも同じようにワルツを踊っているのが見えた。

相手は……メグだわ！

ネイサンがあの胸の谷間に釘付《くぎづ》けになっているところも見てしまい、ケイトリンは嫌な気分になった。だからといって、それが浮気だというわけではないが、婚約者の姉の胸の谷間を凝視するのが、紳士として正しいことだとは思えなかった。

結婚の相手がジェイクのような人だったなら……。

ケイトリンはそんなことを想像してみた。彼のこともよく判らないのだが、ネイサンよりは紳士であるような気がする。何より、彼が笑ったのを見たとき、ケイトリンは彼に惹かれてしまったのだ。

でも、お父様が決めた結婚相手はネイサンなのよ。

今更それを取り消すわけにいかない。ネイサンのこともっとよく知れば、いいところがたくさん見つかるかもしれない。よく知りもしないのに、否定的な目で見てはいけないと思う。

しかし、ケイトリンはこの縁談が、結婚する前から失敗しているように思えてきて仕方がなかった。

舞踏会の間中、ネイサンはケイトリンに近寄りもしなかった。

婚約発表の後にケイトリンと踊らなくてはならないから、それより前に、他の女性達と先に踊っておきたいようだった。それはいいとして、色っぽい女性とふざけながら踊るネイサンを、ケイトリンは許せない気持ちになっていた。

今夜のことだけでも、彼のだらしなさに耐えられなかった。

ああ、でも、我慢しなくちゃいけないわ。

ケイトリンは殉教者のような気分で、大広間の隅のほうに移動した。この中の誰もが、ネイサンとケイトリンの婚約を知っていると思うと、とてもやるせない気持ちがした。

ようやく判った。彼は婚約者に恥をかかせても平気なのだ。というより、父の前であっても、平気で女性とふざけている。父とネイサンの間になんらかの取り決めがなされているという結婚だが、だからこそ、ケイトリンは蔑《ないがし》ろにしてもいいと思っているのだろう。

わたしがおとなしい娘だから……。

反抗しない娘で、父の言いなりだから、甘く見られているのだ。だが、それは正しかった。ネイサンの考えていることが判っても、ケイトリンは結婚を取りやめようとは思わなかったからだ。

いっそ、今日のネイサンを見て、父が考えを変えてくれればいいのに。

「ケイトリン！」

父の声がして、ケイトリンは振り返った。父が人込みを縫《ぬ》うようにして、こちらへやってくる。

「ネイサンはどうしたんだ？」

「えっ……判りません」

辺りを見回してみるが、ネイサンらしき人物が見えない。どこへ行ったのだろう。ついさっきまで、ダンスしていたというのに。

「もうすぐ発表をするぞ。彼を見つけないと……」

「わ、わたし、捜してみます！」

ケイトリンは大広間をぐるりと回って見てみたが、ネイサンはいない。どうせなら、煙のように消えてしまえばいい。あまりにも見つからないので、ケイトリンはそんな意地悪なことまで考えてしまった。彼が消えてしまえば、ケイトリンは結婚せずに済む。

庭へ出たのだろうか。大広間ではない他の部屋はどうだろう。喫煙室にいるのかもしれない。それとも音楽室かもしれない。ケイトリンはあちこち見て回り、最後に書斎を開いた。

ソファで男女がもつれ合っているのを見て、ケイトリンは顔を真っ赤にする。すぐに扉を閉めようとして、男のほうがネイサンだと気づき、愕然《がくぜん》とした。相手は色っぽい女性で、ドレスは乱れている。

「ノックくらいするもんだぞ、ケイトリン。まったく無作法だな」

彼は開き直っているとしか思えない態度で、ケイトリンに文句を言った。

「ち、父が……あなたを捜すようにと……」

「ああ、そろそろ時間か。まあ、もう少し経ってから、また来てくれよ」

ケイトリンは唖然《あぜん》とする。彼はその女性とまだ何かするつもりなのだ。平然とそれをケイトリンに告げたことに、怒りを感じる。

「ひどいわ……。あなたはわたしと婚約しているのに、まさかそんなことを……」

ネイサンは露骨に嫌な顔をした。その表情はとても醜悪なもので、彼の本性がそこに表れているようだった。

「ああ、だから君みたいな女の子は面倒くさいんだ。せっかく綺麗な身なりをしたって、中身はおさげ髪の子供と変わらない」

彼はケイトリンが気にしていることを遠慮なく突いてきた。ケイトリンが傷つくと判っていて、わざと言っているのだ。なんて残酷な男だろう。

「いいか、よく聞けよ。彼女は僕の愛人なんだよ」

ネイサンは色っぽい女性のことをそう言った。ケイトリンは眩暈《めまい》がした。これ以上、悪いことはないだろうと思っていたのに、彼は堂々と婚約者の家で、愛人と抱き合っていたのだ。

「あなたに相手がいるなら、どうしてわたしと結婚するの……？」

彼は鼻で笑った。

「君と結婚すれば、君のお父さんが多額の持参金を用意すると言っているからだ。その代わり、僕は君と結婚して、子爵夫人という名前を与える。それだけの関係なんだ。君は美人だから、もう少し大人になれば、相手にしてやるよ。今のところは、僕には彼女がいる。結婚したって、縁を切るつもりはないからな」

つまり、彼は金目当てで結婚すると言っているのだ。恐らく、この舞踏会に来ている客もみんなそれを知っているのだろう。もちろん、父もだ。

そして、彼はケイトリンが父の言いなりだから、婚約破棄などするはずがないと思っている。だからこそ、こんなあからさまなことを言い、ケイトリンを侮辱しているのだろう。

実際、ケイトリンは何もできなかった。なんの力もない。ただ、引き下がるしかない。よろよろと書斎を出て、扉を閉める。中から男女の笑い声が聞こえてきた。

胸が引き裂かれそうに痛んだ。こんな屈辱を味わったのは初めてだった。

父は何もかも承知していたに違いない。

お父様はどこまでわたしが憎いの？　お母様の命を奪ったわたしのことがまだ許せないの？

ネイサンがろくでなしだったことよりも、父の仕打ちが悲しかった。

「ケイトリン、大丈夫か？」

はっとして顔を上げると、そこにはジェイクが立っていた。

「どうして、あなたが……」

「たまたま通りかかったら、声が聞こえてきて……。全部聞いてしまったよ」

ケイトリンの目からポロポロと涙が溢《あふ》れ出《だ》してきて、止まらなくなってしまった。彼はケイトリンを抱き寄せ、ハンカチを手渡した。

「おいで。人目につかないところへ行こう」

ケイトリンは彼に肩を抱かれて、ハンカチで顔を隠して歩いた。気がつくと、庭に出ていた。それも、本当にひと気がないところだった。ただ、月明かりだけが二人を照らしていて、花の甘い香りがした。

彼はケイトリンの顔を覗《のぞ》き込《こ》んできた。ケイトリンはハンカチで涙を拭いていたものの、彼とは目を合わせることができなかった。あまりにも惨めでたまらない。そして、同時に怒りも感じている。悲しみと怒りが交じって、ケイトリンはどうしていいか判らなかった。

「大丈夫かい？」

彼は心配してくれている。ケイトリンは頷《うなず》いたものの、声も出せなかった。

「君のお父さんは何を考えて、あんな男と娘を婚約させたんだろう？」

「わたしは……厄介者だから……」

しゃくり上げそうになって、口を閉じる。こんなにも動揺して泣いたのは、寄宿学校に入れられた最初の夜以来かもしれない。あのときは家族に見捨てられたと思って、泣いた。しかし、今夜も同じような気持ちだ。

お父様は貴族と縁続きになりたいばかりに、わたしを利用したんだわ。

よりによって、あんなひどい男でなくても、他にも貴族はいたのではないだろうか。だが、父の言いなりになって、ほんの小娘を花嫁にしてもいいと言いそうな貴族は、ネイサンだけだったに違いない。

ジェイクだって、きっとわたしのことを子供だと思っているはず。

だから、こうして慰めてくれているのだ。

彼はケイトリンを正面から抱き寄せた。ケイトリンは彼の胸に顔を埋めることになり、急にドキドキしてくる。

「君はあんな男なんかにもったいない」

「そんな……」

「あいつと結婚したら、どんなに苦しむことか。絶対に結婚してはいけないよ」

だが、それはもう決まったことだ。父が決めて、ケイトリンはそれに従う。もうそうなっているのだから、変えられない。

「わたし……いいの……もう」

「よくはない！」

彼はそう言うと、ケイトリンに顔を近づけてきた。

次の瞬間、何をされているのか判らなかった。自分の唇に押しつけられているのが彼の唇だと判り、仰天する。

まさかキスされるなんて、まったく想像もしていなかったからだ。

初めてのキス……。

それをこんなときに経験するなんて。

しかし、ケイトリンは決して嫌ではなかったし、それどころか、かすかな喜びを感じてしまった。

キスされることで、ケイトリンは特別なレディに変身できたような気がした。婚約者が最初から貞節など無視するつもりでいたこと、持参金目当てで結婚することを明らかにしたことで傷ついていたが、その傷が彼の優しいキスで癒《いや》されていく。

ケイトリンは身動きもできなかった。動いたら、キスの魔法が解けてしまう。

このまま時が止まればいいと思った。現実はつらいことばかりで、あんな婚約者でも、ケイトリンは結婚しなくてはならない。どこにも逃げ場はないのだ。だから、ジェイクにキスされたまま、何もかも終わってしまえばいいと思った。

彼がふっと身を引いた。

キスは終わり、ケイトリンの高揚した気分はたちまち萎《しぼ》んだ。それは一瞬だけの魔法だった。

後に残されたのは、いつも以上に惨めになったケイトリンだったのだ。

そうよ。彼はただわたしが泣いていたから、慰めのキスをしてくれただけなのよ。女性として求められたわけではない。自分など、誰も愛したりしない。誰にも求められることはないのだろう。

「少し……落ち着いたかい？」

ケイトリンは頷いた。

「わたし……屋敷に戻らなくては。父が待っているわ」

ジェイクは眉をひそめて、ケイトリンの手を握った。

「言ったはずだ。君はあの男と結婚してはいけないと」

「でも、父が……」

「私が君を助けてあげよう」

彼はケイトリンの手を引き寄せて、再び胸に抱いた。不意に、ケイトリンは彼から離れたくないという気持ちが強くなってくるのを感じた。

最初に彼を見たときから、反感と共に強く惹きつけられるのを感じていたのだ。キスをされ、今、こうして彼の胸の鼓動を聞いていると、彼こそが救いの主だという気がしてくる。

だけど、彼はどうやってわたしを救ってくれるつもりなの？

そんなことは無理だと思う。ケイトリンは父に逆らうことができない。しかも、こんな婚約発表間近になって、結婚しないなどと、どうして父に言うことができるだろう。

ケイトリンは父に嫌われることが怖かった。いや、すでに嫌われているのかもしれないが、これ以上に拒絶されたくない。ネイサンと結婚すれば、少なくとも父に認めてもらえる。役に立つ娘だと思ってもらえるのだ。

しかし、今夜、ネイサンの横に立ち、婚約したばかりの娘として、冷静に振る舞うことができるだろうか。

あんな仕打ちを受けた後で。

正直に言えば、もうネイサンの顔など見たくない。結婚して、彼に触れられるかと思うと、虫唾《むしず》が走るくらい嫌だった。さっきジェイクにされたようなキスを、彼にされたくなかった。

不意に、父がケイトリンの名を遠くから呼んでいるのが聞こえた。

ケイトリンはビクッと身体を震わせた。

父に応えなくてはならない。父の命令どおりにしなければ……。

しかし、ケイトリンは嫌だった。自分が一緒にいたいのはネイサンではなく、ジェイクだった。

ああ、わたし、どうしたらいいの……？

自分を抑えつけて、ネイサンとの婚約発表の場に向かわなくてはならないことは判っている。

しかし、ケイトリンは脚が動かなかった。声も出ない。ジェイクが言うように、ネイサンと結婚しても決して幸せにはなれないだろう。それを知りながら、どうして多くの人の前で微笑むことができるだろうか。

ジェイクが耳元で囁《ささや》く。

「私と一緒に行こう」

それは悪魔の囁きなのかもしれない。彼についていったら、きっともう後戻りはできない。ネイサンと結婚しない代わりに、父の許《もと》にも帰れないかもしれない。いや、帰れたとしても、父に憎まれるに違いないのだ。

でも……今と大した違いがあるかしら。

ケイトリンはほとんど寄宿学校にいて、父とろくに過ごしたこともない。ケイトリンがどれほど父の関心を買おうとしても、父はケイトリンが望むような反応を返してくれたことはなかった。

「わたし……あなたと行くわ」

ケイトリンは囁き返した。

ジェイクは深く息をつくと、ケイトリンの手を取った。

「決して後悔させないよ」

ケイトリンはその言葉を信じるわけにはいかなかった。きっと後悔するだろう。しかし、ネイサンと結婚したとしても、後悔するのは判っている。

だが、女性は結婚してしまうと、夫に従わなくてはならない。どうせ後悔するなら、支配する夫がいないほうがよほどいい。

ケイトリンは混乱していたが、自分に一番いいことをしているのだと信じた。


ケイトリンはジェイクに手を引かれて、庭から裏のほうを回って、外へと脱《ぬ》け出《だ》した。

自分がジェイクと共に馬車に乗り込むところを使用人に目撃されるのではないかと心配したが、彼は屋敷の少し離れたところに馬車を待たせていた。二人きりで彼の馬車に乗るとケイトリンは急に不安になってきた。

「……どこへ行くのかしら」

「私の屋敷だ。心配ない。悪いようにはしないから」

衝動に任せて、舞踏会を脱け出してきたものの、彼の屋敷などに行っていいものだろうか。ジェイクのことはネイサンより信用できるとは思っている。しかし、彼のことはよく知らない。つらいときに優しくしてもらったというだけで、そんなに簡単についていっていいものだろうか。

だが、どう考えても、ケイトリンは婚約発表の場から逃げ出すしかなかった。あんなに侮辱してきたネイサンを許せない気持ちになっていたし、彼との結婚なんて、もう考えることができない。

結婚を承諾したのは父のためだったが、もうひとつの理由はネイサンが礼儀正しく挨拶してくれたからだ。少し結婚に希望を抱いていたこともある。けれども、無残にそれは踏み潰されてしまった。

他人の書斎のソファでもつれ合う男女の姿を思い出し、嫌悪感が込み上げてくる。

そうよ。どう考えても、わたしが逃げたのは正しいことなのよ。

だが、後のことはどうなるのだろう。本当にジェイクに任せても大丈夫なのだろうか。

馬車のビロード張りの座席はクッションが利いていて、乗り心地がいい。内側にランプがつけられていて、ジェイクがそれをつけると、ほのかに明るくなる。小さなキャビネットも取りつけてあり、ジェイクはそこから小瓶を取り出し、ケイトリンに勧めた。

「ブランデーだ。飲むといい。緊張が解《ほぐ》れるよ」

ケイトリンはブランデーなど飲んだことがなかった。しかも、瓶ごと勧められて戸惑ったが、緊張が解れると聞いて、それに口をつけてみる。

「なんだか……身体が熱くなってくるわ」

「そう。それでいいんだ。君は今とても混乱しているし、まともに考えられる状態にない。だから、何も考えられなくなるように、それを飲んだほうがいいんだ」

ブランデーがそれほどおいしいとは思わなかった。だが、ジェイクの言うことを聞いて、ケイトリンはまた飲んだ。

人がお酒を飲む気持ちが少し判った。頭がボンヤリしてくれば、考えたくないことは考えずに済む。ケイトリンは舞踏会から逃げ出した後のことなど、想像したくもなかった。自分の将来のことも、父の怒りも。

しばらくして、馬車が停《と》まった。

ジェイクに促されて降りると、そこには大きな屋敷がそびえ立っていた。暗いので、はっきりとは見えないが、ロンドンでこれだけの屋敷を所有しているなら、ジェイクはただの貴族ではなく、大した資産家なのだと思った。

そういえば、彼は父の取引の相手だと言っていた。貴族は働かないのが普通で、商人のように事業などを始めることを蔑む貴族がいるという。だが、今の時代はそう言ってもいられないらしい。だが、必ずしも儲《もう》けられるとは限らず、商売が下手で、逆に資産を減らしていく貴族も多かった。

ジェイクは商売が上手いのか、もしくは運がいいのかのどちらかに違いない。

しかし、どんな資産家であっても、男性の屋敷に若い未婚の娘が一人で訪問してもいいものだろうか。

ケイトリンはジェイクが独身かどうか訊《き》くのを忘れていた。舞踏会に一人で訪問していたから、独身だと思い込んでいたが、本当はどうなのだろう。

「あ、あの、わたしがこんな夜中に伺っても、奥様は平気かしら」

「妻がいたら、君にキスなんてしていない。私はあの男とは違うから」

ケイトリンはほっとしたものの、独身男性の住まいを訪問してもいいかどうか決心はつかない。自分はよくても、そんなことが噂にでもなったら、父を怒らせるだけでは済まない。しかし、彼は特に気にしてない様子で、ケイトリンの背中に手を当てる。彼に促されて、ケイトリンは彼の屋敷に足を踏み入れた。

玄関のホールから、まっすぐに階段が伸び、踊り場から左右に分かれている。ホールは吹き抜けになっていて、天井や壁に美しい装飾が施してあった。ケイトリンは思わず周りを見回した。

「すごいわ……。なんて素晴らしいお屋敷なの！」

「気に入ってもらえて嬉しいよ。……さあ、客間へどうぞ」

彼にエスコートされるままに、ケイトリンは屋敷の内部へと入っていく。おかしなことに、彼の屋敷には執事がいない。いや、いないはずがないだろう。これほど大きな屋敷に使用人がいなければ、掃除も行き届かないに決まっている。しかし、まるでここにはジェイクと自分しかいないみたいに、しんとしている。

みんな、眠っているの……？

そんなに遅い時間だっただろうか。灯《あか》りはついているのに、ひと気がないなんて、とても不思議だった。

　ケイトリンはジェイクに客間へ連れていかれた。そこには、シャンデリアが下がっており、白い飾り模様のマントルピースがついた暖炉がある。そして、猫足のソファや椅子、テーブルが置いてあった。部屋全体の床に絨毯《じゅうたん》が敷き詰めてあり、内装は豪華なのに、温かな印象のある部屋だった。

　今夜は暖かく、暖炉に火を入れる必要もない。けれども、寒い日にこの暖炉の前で、ジェイクと寄り添うようにソファに座る自分を想像してしまった。きっと暖かくて気持ちがいいだろう。

　そして、二人は唇を重ねて……。

　やだ。わたし、何を考えているのかしら。

「さあ、ソファに座るといい。何か飲み物が必要だな」

　ジェイクに声をかけられて、ケイトリンははっと我に返った。今夜はいろんなことが起こってしまい、少し疲れているのかもしれない。それに、これからどうなるのか、自分でも見当もつかなかった。

　父は激怒しているだろう。もちろん、ネイサンも。いや、ジョージもメグも怒っていることだろう。

　彼らにはわたしがどこに消えたのかも判らない……。

少しは心配してくれるだろうか。突然、ケイトリンがいなくなったことに対して。

「これを飲むといい」

ジェイクはグラスを渡してくれた。ケイトリンは無意識に、それを口に運ぶ。一口飲んでから、改めてグラスを見ると、それはワインだった。

「わたし、ワインを飲んだのは初めて……」

「初めてなのか？　味はどうだ？」

「思っていたより、おいしい」

それに、さっきのブランデーと同じで、飲むと、身体がカッと熱くなり、頭がぼんやりしてくるような気がした。

これを飲めば、いろんな嫌なことを忘れてしまえるかしら。

ケイトリンはグラスをぐいっと傾けた。ジェイクはそれを見て、ゆっくりとケイトリンの隣に腰かける。

急にドキドキしてくる。

男性と二人きりでいるなんて……。

寄宿学校の先生は繰り返し注意していた。結婚するまで、男性と二人きりになってはいけないと。男性がいつも紳士でいるとは限らない。豹変《ひょうへん》してひどいことをしてくる男性もいるのだと聞いた。

未婚の娘にとって、一番大切なものは純潔だ。純潔であるという意味は、ケイトリンにはよく判らないものだった。教師の説明はいつも抽象的で曖昧《あいまい》だったからだ。そのことについて、詳しく語らないことがマナーともされていた。

もちろん、生徒はみんな気になって仕方がなかったのだけど……。

そういったことに知識のある生徒もいた。しかし、ケイトリンはそういった生徒に煙たがられていたので、詳しく教えてもらえなかったのだ。

そんなわけで、紳士ではない男性がしてくるひどいことというのは、一体、なんなのか、ケイトリンは未《いま》だに知らない。

もしかして、キスのことかしら。

ケイトリンはジェイクにキスされたことを思い出した。だが、ケイトリンにとっては、まったくひどいことではなかった。逆に、とてもドキドキして、素敵なことだったように思う。

確かに、ジェイクとキスしたことが知られたら、きっとふしだらな娘だと思われてしまうだろうけど……。

キス……。

彼の唇の感触を思い出し、ケイトリンはふと自分の唇に触れた。

「唇がどうかしたのか？　痛む？」

「え……いいえ！　あの……あの……わたし達、キスをしたわ」

彼はクスッと笑った。

「ああ、キスしたね。もしかして、初めてのキスだった？」

「ええ。男性と唇を合わせるなんて、考えられないと思っていたわ。でも……」

「そんなに嫌でもなかったということかな？」

ケイトリンは頬が熱くなったが、コクンと頷いた。

「なんだか……魔法にかかったような気がしたの。あのときだけ……わたしは素敵なレディになったような気がしたわ……」

彼はケイトリンのグラスにまたワインを注いでいた。ケイトリンはあのときのキスのことを思い返しながら、無意識のうちにグラスに再び口をつける。

「君は……魔法をかけられなくても、素敵なレディだと思うよ」

「普段のわたしを知らないからよ。ネイサンは言ったわ。わたしはどんなに着飾っても、まだおさげ髪の子供と同じだって」

それは事実だった。いくら外側を変えたところで、中身は変えられない。いくら結婚したら夫に従わなくてはならないと思ってみても、花婿が愛人を持ったまま結婚するのには耐えられない。そんなことを容認できなかった。

それが大人であることだというなら、わたしは大人なんかになりたくないわ！

ケイトリンはグラスを飲み干した。なんだか頭の中がふわふわしてくる。けれども、とても心地よかった。これで、何もかも忘れられる。ホワイト邸に置いてきたものすべてが、どうでもいいような気持ちになっていた。

ジェイクはケイトリンの手からグラスを取り去る。

「もっと飲ませて……」

「ああ、飲ませてあげるよ。違うやり方でね」

彼はそう言うと、ケイトリンの肩を抱き寄せて、唇を奪った。

「ん……っ」

ワインが口の中に入ってくる。彼は口移しでワインを飲ませているのだ。ケイトリンはぼんやりしながら、そのワインを味わっていた。

ワインだけではない。自分の舌に、彼の舌が絡んでいる。その行為はとても淫らで、背徳的な感じがした。だが、それがとてもケイトリンの気持ちを舞い上がらせていた。

キスがいけないことだとは思わない。

でも、それは相手がジェイクだから……。

ジェイク以外の誰かとキスなんてしたくない。抱き寄せられるのも嫌だ。もちろん、ネイサンになんて、絶対近寄りたくもない。

彼はキスをしながら、ケイトリンの首から背中にかけて、とても優しく撫《な》でてくれている。

なんて気持ちいいのだろう。彼と一緒にいれば、自分はなんの心配もない。何故だか、そう思えてしまう。

そう。すべて、彼に任せていれば安全なのだ。

なんの根拠もなく、ケイトリンはそう思っていた。

頭の中がぐるぐると回り出した。何がどうなったのか判らない。けれども、ジェイクがきっとなんとかしてくれる。

唇がそっと離れる。

「大丈夫かい？」

「……わたし、少しフラフラしていて……。なんだか眠いわ」

「じゃあ、ベッドに連れていってあげよう」

彼はケイトリンを抱き上げた。ケイトリンは驚いて、彼の首に腕を回して、しがみつく。

「そう。掴《つか》まっていれば平気だからね。さあ、目を閉じて」

ケイトリンは素直に目を閉じた。すると、眠気がすっと忍び寄ってくる。

ここは彼の屋敷なのに、眠ってもいいのかしら……。

頭の隅でそう思ったが、もうどうでもいいような気もした。とにかく眠くてたまらない。

徐々に手の力が抜けていき、ケイトリンは彼に身を預けてしまった。

ジェイクは眠ってしまったケイトリンを抱えながら、階段を上り、自分の寝室へ連れていった。

今夜、継母《はは》と妹は海辺のコテージで過ごしている。そして、使用人には早く寝るように言い渡している。自分が帰ってきたのが判っても、決して顔を出すなとも。

使用人は言いつけを守っている。ジェイクはそれに満足しながら、ケイトリンの身体をベッドに下ろした。

「う……ん」

彼女は何かむにゃむにゃと言ったが、起きる気配はなかった。どのみち、目が覚めたとしても、朝まで帰す気はなかった。彼女にはここで泊まってもらう。この自分のベッドで。

部屋にあるランプを灯《とも》し、それから改めて扉を静かに閉めた。

ふうっと溜息をついた。ジェイクはクラヴァットを毟《むし》り取《と》り、上着を脱いだ。側仕えがいれば、それをきちんと衣装簞笥《だんす》に仕舞《しま》うところだが、ジェイクはそこまでする気はない。それを椅子にかけ、ベッドに近づくと、ケイトリンの可愛らしい寝顔を見つめた。

朝になれば、彼女は愕然とするだろう。自分のしたことに青ざめ、震えるかもしれない。そして、死ぬほど後悔することになる。

ジェイクは後ろめたくなった。自分は彼女を利用しているからだ。彼女とネイサンが結婚すれば、計画が台無しになる。絶対、婚約発表するまでに、この縁談は潰《つぶ》しておかなくてはならなかったのだ。

それに……。

ネイサンは人間のクズだ。彼女はクズと結婚せずに済んでよかった。感謝してほしいくらいだ。

たとえ彼女とネイサンが結婚して、計画が頓挫《とんざ》したとしても、結局、ネイサンはジェイクに追いつめられることになっただろう。彼は破産し、路頭に迷う。だとしたら、ケイトリンはそんな夫の道連れにならずに済んだのだ。

ジェイクはケイトリンの額にかかっている前髪をそっと指先で払った。

彼女はなんて綺麗なんだろう……。

それなのに、彼女は自分のことを綺麗だとは思っていないようだった。ケイトリンの父親は仕事上の知り合いでしかなかったが、娘にあまり優しいようには見えなかった。そもそも、爵位目当てに、多額の持参金を餌にして、娘とネイサンを結婚させようと企む父親なのだ。優しいはずがない。いつも娘につらく当たっていたのではないだろうか。

ひょっとしたら、彼女は愛されずに育ってきたのかもしれない。寄宿学校にいたというのも、父親に邪魔扱いされて、無理やり入れられたのかもしれなかった。

だから、彼女は自分の容姿にも自信がないのだろう。父親の言いなりになり、あんな屈辱を受けても、まだ父親の許《もと》に戻らなくてはいけないと考えていた。

可愛らしいケイトリン……。

彼女はもっと幸せになる権利がある。

そう。ジェイクの花嫁になって、幸せになるのだ。これは彼女のためにもなることだ。彼女を不幸にするための計略ではない。

ジェイクは疼《うず》く良心を宥《なだ》めた。そして、自分がどうしてこんなことをしているのかも、思い出した。

ネイサンをもっと苦しめなくてはならない。彼にはもっとあがいてもらう。それが復讐《ふくしゅう》なのだ。ネイサンのために人生を狂わされ、若くして命を失くした義弟《おとうと》のために。

ジェイクは熟睡しているケイトリンの髪飾りを取った。そして、ピンを一本ずつ丁寧に抜いていく。やがて、彼女の髪はシーツの上に広がった。

こんなことは紳士にあるまじきことかもしれない。そう思いながら、彼女のドレスに手をかける。彼女の身体の向きを変えながら、苦労してドレスを脱がせていく。コルセットを外し、ペチコートも脱がせる。下着姿の彼女を見て、ひどく心が痛んだ。

けれども、これは必要なことなんだ……。

ジェイクはシュミーズを脱がせ、とうとうドロワーズも引き下ろした。

一糸まとわぬ姿となったケイトリンを見つめる。変な汗が出てくる。喉が渇いて仕方がない。

彼女を抱きたい……！

ジェイクは強くそう思った。最初に彼女を見たときから、どうしようもなく惹かれていた。それは彼女が美しいからだけではなく、どこかその瞳が悲しげでもあったからだ。ネイサンに屈辱を与えられ、彼女が庭で泣いたとき、思わずキスしたのも、そういった欲望があったからだ。

正体もなく寝入っている彼女を抱くのは簡単だろう。しかし、それはやってはいけないことだ。意識のない相手を抱くなんて、非道なことはできない。ただでさえ、彼女のドレスを剥《は》ぎ取《と》り、本来なら見るべきではない裸を見ているのだ。

紳士なら、ここにいてはいけない。朝には同じベッドにいなくてはならないが、今はダメだ。

ジェイクはなんとか彼女に上掛けをかけて、寝室を脱け出した。

書斎で酒を飲もう。それでも、酔い潰れるほど飲むわけにはいかない。朝になったら、彼女を罠《わな》にかける。そうして、ネイサンに復讐を果たすのだ。

第二章　運命が変わった朝

ケイトリンはゆっくりと目を開けた。

少し身体がだるい。頭もどんよりしていたが、いつまでも眠っているわけにはいかない。長年の寄宿学校生活で、規則正しい生活を送るように躾《しつ》けられていたからだ。

でも、いつものベッドとは違って、とても気持ちいい。信じられないほど温かいのだ。

ケイトリンはふと視界に入っているものが、いつもの自分の部屋でないことに気がついた。

ここは……どこ？

傍らに目をやり、ケイトリンは心底驚いた。

同じベッドに誰かが寝ている。

黒髪の男性……。

ケイトリンはすぐにそれが誰だったのか思い出した。

ジェイクだ。彼がどうしてここにいるのだろう。ケイトリンは昨夜の記憶を思い起こしてみたが、途中から何も覚えていなかった。この屋敷でワインを飲んでいたことは覚えている。それから、二度目のキスも……。

ケイトリンは狼狽《ろうばい》した。それから、一体どうなって、自分はここで寝ているのだろう。もしかしたら、ここでとんでもないことが起きたのかもしれない。

身体を起こそうとして、自分が何も着ていないことに愕然《がくぜん》とした。

「ああ、そんな……！」

ケイトリンが声を出したために、ジェイクが目を覚ましてしまった。眠たげな青い瞳を見て、ドキンとする。彼は寝返りを打つと、ケイトリンのほうを向き、微笑んだ。

ひょっとして、彼も裸なの……？

少なくとも、上半身は裸に見える。下半身はどうなのだろう。そう思いながらも、そんな質問をするわけにもいかない。

彼は微笑んだ。

「よく眠れたかい？」

「あ、あの……」

彼にどう言っていいのか判らない。彼はこの状況をなんとも思っていないようだ。昨夜、何があったのか覚えていないのは、自分だけらしい。

どうしよう。どうしたらいいの？

ケイトリンはすっかり狼狽《うろた》えていた。

「わ、わたし……どうして裸なの？」

彼は眉をひそめた。

「まさか覚えてないのか？」

覚えてないのは、そんなに非難されることなのだろうか。ケイトリンはなんとか思い出そうと努力してみるが、無駄だった。自分の頭の中には、ぽかんと空白部分がある。とにかく、ワインを飲んでキスした後の記憶がまったくなかった。

「昨夜、一緒にベッドに入って、何度もキスをしただろう？」

「は、裸で？」

「裸にならなければ、やれないこともあるからね」

彼はそう言って、意味ありげに笑った。

「そんな……！　わたしがそんなことをするはずがないわ！」

ブランデーとワインを飲んで、酔っていたのかもしれないが、そんな自分らしくないことをするだろうか。

「そうよ！　け、結婚もしていないのに！」

ケイトリンの声は上擦《うわず》っていた。

そうだ。これは新婚初夜にすることではないだろうか。夫婦は同じベッドに入り、赤ん坊を作ることができる。初夜はそのための謎の儀式があるらしいということまでは知っている。

わたしはまさかその儀式を、結婚もしていないのにしてしまったってことなの？

ケイトリンは自分が信じられなかった。

ジェイクはケイトリンを抱き寄せた。すると、裸の身体が直に触れ合い、硬直する。彼もケイトリンと同じように完全な裸であることが、触れ合った肌で判《わか》ったからだ。

彼はそっと囁《ささや》く。

「昨夜、結婚すると約束したのを忘れたのかい？」

ケイトリンはまたもやショックを受ける。

全然覚えてないわ！

そんな約束をしておいて、覚えていないなんてことがあるのだろうか。しかも、その前にプロポーズをされたはずなのに、それも忘れているなんて。

ケイトリンは自分が情けなくなってきてしまった。これも、昨夜飲んだブランデーやワインのせいなのだろうか。こんなにもあっさり大事なことが頭から抜け落ちてしまうとは、自分自身が信用できなくなってしまう。

「ジェイク……わたし……」

彼の身体から離れようとしたところ、自分の胸の先端が彼の胸板に擦れていき、ビクッとする。それだけではない。彼の股間にあるものがケイトリンの身体に触れた。

ケイトリンは思いがけない事態になり、頭が混乱していた。その上、裸で男性と抱き合っていることを強く意識してしまい、どうしていいか判らなくなる。泣きそうになりながら、彼に本当のことを打ち明けた。

「覚えてないの。何も……。昨夜、ワインを飲んでから、キスされて……。それから、何も覚えてないわ！」

ジェイクはじっとケイトリンの目を見つめている。

こんな大事なことを忘れていると聞いて、彼は怒りだすのではないかと、ケイトリンは恐れていた。だが、そんなことはなかった。

「君が何も覚えてないのは、酒のせいかもしれないな」

「ご、ごめんなさいっ。わたし、あなたにプロポーズされたのよね？　でも、どうして？　わたし達、会ったばかりなのに……」

彼の青い瞳がわずかに曇った。プロポーズした理由なんて、きっと昨夜に語ったはずで、今更繰り返すのも、彼にしてみれば苛立《いらだ》たしいことに違いない。

それでも、彼は落ち着いた口調で言った。

「初めて君を見たときから、ひどく心を惹かれたんだ。君をネイサンみたいな評判の悪い男に渡したくないと思った。実際、あいつは婚約発表の場にも、愛人が招待されるように仕組んでいた。だから、君を連れ出し、プロポーズしたんだよ」

それでは、この屋敷に連れてきたのは、わたしにプロポーズしたいと思ったからなんだわ。

昨夜、ここへ来たとき、彼がどういうつもりなのか判らなくて戸惑ったことを思い出した。彼にはそういう計画があったから、二人きりになりたかったのだろう。そして、どういうわけか、ケイトリンは彼のプロポーズを承諾してしまったのだ。

でも……。

ネイサンに比べたら、ジェイクと結婚するほうがよかった。ネイサンが愛人と睦《むつ》み合っているのを目撃した後では、彼とはキスもできないだろうが、ジェイクとのキスは経験済みだ。しかも、とても素晴らしいということもすでに判っている。

彼のキスは魔法のようだった。彼となら、何度でもキスをしたい。酔っ払ったときにも、ケイトリンはそう思っていたに違いない。

「その後は……どうなったの？」

「君は私のプロポーズを受け入れてくれた。それから、二人はまたキスをして……燃え上がった。だから、このベッドに二人ともいるんだよ」

燃え上がったとは、どういう意味なのだろう。そこから、二人が裸になって、ベッドに入る理由が判らない。もどかしいのは、判らないのはケイトリンのほうだけで、彼は何もかも判っているようだ。

「同じベッドで寝るなんて……まるで夫婦みたいに……」

「そうだね。そういう意味では、我々はすでに夫婦になったと言ってもいいかもしれない」

やはり昨夜、何かがあったのだ。秘密の儀式のような何かが。

ケイトリンは逃げ出したくなった。だが、どこへも逃げられない。まず自分は裸だからだ。そして、もしプロポーズをされ、それを受け、なおかつ夫婦ですべきことを彼としてしまったのなら、逃げられるはずがない。

ジェイクはふと真剣な眼差しになり、尋ねてきた。

「一夜明けたら、君は嫌になったのか？　私と結婚するのは嫌なのか？」

「いいえ！　その……嫌ではないわ、全然。ただ、戸惑っているの。だって、何もかも忘れているんですもの」

ネイサンにひどいことを言われたことはよく覚えているというのに、プロポーズの言葉を忘れていることにショックを受けていた。きっと素晴らしい瞬間だったに違いない。どうせなら、そちらのほうを覚えていたかった。

彼はケイトリンを柔らかく抱き締めた。

「あ……」

温かい二人の肌が重なり、ケイトリンは狼狽した。それが、なんだか心地よく感じてしまったからだ。

「それなら、もう一度、君に言うよ。私と結婚してくれないだろうか。私はネイサンのように決して君を苦しめたりしない。君を一生、大事にするよ」

彼の優しい声にドキドキしてくる。結局、考えるまでもない。二度目のプロポーズにも、ケイトリンはあっさり同じ言葉を返す。

「……はい。わたし、あなたの花嫁になりたいわ」

そう口にしてみて、それが自分の本当の願いなのだと判った。初めて彼と顔を合わせたときから、ネイサンではなくて、彼が結婚相手ならいいのにと思っていた。

わたし……彼の花嫁になれるのね！

急に喜びが湧いてきた。彼となら、素晴らしい家庭がつくれそうな気がする。こんなに優しくて、面倒見もいいのだ。子供も可愛がってくれるだろう。何があっても、どの子供も分け隔てなく、愛してくれるに違いない。

「ああ、ありがとう！　ケイトリン……必ず幸せにする。約束するよ」

彼はケイトリンに唇を重ねてきた。

うっとりするようなキスだ。彼は柔らかく唇を合わせ、そっと吸うような動きをしてくる。それからゆっくりと舌を差し入れて、ケイトリンの舌を絡め取った。

ケイトリンは彼の腕に触れた。自分から彼の温かい肌に触れてみて、なんだが眩暈《めまい》がするような感覚を覚える。

ジェイク……。

初めてのキスは彼とできてよかったと、今になって思った。この唇には彼以外は触れていな

い。誰にも汚されていない。自分の唇は……いや、自分のすべては彼のものなのだ。

気がつくと、ケイトリンは彼に組み敷かれていた。しかし、恐怖は感じない。彼は悪いことなどしないと判っているからだ。ケイトリンは彼のことを信じきっていた。

彼は唇を離したが、それでもまだ足りないようにまた口づける。ケイトリンもドキドキしながら、おずおずと自分からキスに応え始めた。それは決して難しいことではなかった。彼のキスが素敵だからこそ、彼に与えてもらうだけでは嫌だったからだ。

いつしか、二人ともキスに夢中になっていた。ケイトリンの気持ちは舞い上がる。

わたし、彼のことが好きになっているんだわ。

今更ながらそう思った。だから、抱き締められても、キスされても嫌悪感はなかったし、ごく自然に受け入れていた。そして、こんなに気持ちが高揚している。彼のことが好きでなければ、そうはならないのではないかと思った。

再び彼は唇を離した。しかし、ケイトリンは離れたくなくて、彼の首に腕を絡めた。一瞬、彼の身体が強張《こわば》ったかと思ったが、すぐにまた唇を塞がれる。今度はもっと情熱的なキスだ。息もつけぬほどの激しいキスでもあった。

それでも、ケイトリンは彼にすべてを預けていた。

だって、彼のことが好きなんだもの。

それに、結婚するのだし、一度はこうして夫婦の契りを交わしたのだろうから、何をしても同じことだ。

彼は耳朶《じだ》にもキスをしてきた。突然のことに、ケイトリンの身体はわななくように震える。なんだか、おかしい。こんなふうに感じたのは初めてだった。

口と同じように、耳朶に丁寧にキスをされ、ケイトリンの身体は熱く変化していく。戸惑いながらも、その変化は嫌なものではなかった。それどころか、妙に気分が高揚してくる。

やがて、彼の唇は耳の下から首筋に沿って徐々に下がっていく。不意に、胸のふくらみを掌《てのひら》で包まれて、ケイトリンはドキッとする。

彼の手の体温がそのまま乳房に伝わってくる。彼はその掌でゆっくりと撫《な》でていった。柔らかい乳房は彼の手の中で形を変え、乳首は擦られて、敏感になっていく。

ケイトリンは無意識で身体をくねらせた。何故だかそうせずにはいられなかったのだ。

彼ははっとしたように顔を上げ、ケイトリンを熱い眼差しで見つめる。ケイトリンはその眼差しを見つめ返し、身体の中のざわめきがもっと大きくなっていくのを感じた。

ジェイクはやがて顔を下げ、もうひとつのふくらみに唇を押し当てた。

「あ……」

彼は乳房に唇を這《は》わせ、それから乳首にキスをする。ケイトリンはギュッと目を閉じた。

恥ずかしいのに、気持ちがいい。そして、気持ちがいいことを恥ずかしく思う。感じたくないのに、身体はつい反応を示してしまうのだ。

乳首が唇に包まれ、舌で転がされている。ケイトリンはひどく淫らな気分になってきた。気がつくと、もうひとつの乳首も指先で転がされている。身体の芯に火が灯り、彼に何をされてもいいような気持ちになった。

さっきからそうだったのだが、乳首を愛撫《あいぶ》されて、より明確にそれが判った。そう。彼にすべてを捧《ささ》げるのよ……。

昨夜も体験したことなのもしれないが、ケイトリンにとっては初めてのことだ。とても貴重なものを、彼に捧げるような気分になるのも仕方がない。

胸を愛撫していた手が今度はお腹《なか》を丸く撫でた。やがて、その手は腰を撫で、太腿《ふともも》を撫でていく。彼の唇はその後を追っていった。いろんなところに愛撫を施《ほどこ》され、ケイトリンはただ快感に震えるしかなかった。

彼の手が太腿の内側に入っていった。

「あ……やぁ……っ」

小さな声で抗議するが、彼は聞いてくれない。聞こえているのだろうが、無視しているのだ。内腿を撫で上げ、乙女の大事な部分にそっと触れてくる。

「あん……んっ……」

指先でそっと秘部を撫でられるだけで、甘い疼きが身体中に広がっていく。そこに触れられると、こんなふうに感じるなんて知らなかった。指が何度も秘裂を往復するうちに、ケイトリンはもっと触れられたいと思うようになっていた。

すごく恥ずかしいのに……。

けれども、羞恥心よりも快感を求める気持ちが強くなってきてしまう。

「気持ちいいかい？」

ケイトリンは思わず頷《うなず》いた。

「わ、わたし……こんなの……初めて」

彼が指を動かすと、濡《ぬ》れているような音が聞こえる。何故なのか判らないが、彼に触れられると、そこが潤んできてしまうのだ。

「蜜がこんなに溢《あふ》れているよ」

「……蜜って？」

「感じると、君の中から出てくるんだ」

彼は指をそっと内部に侵入させてきた。ケイトリンははっとしたが、痛くはなかった。ただ、異物感がある。自分の身体の中に、彼の指があるのだと思うと、急に気恥ずかしい気持ちになってきた。

「ほら、感じてごらん」

「はぁ……あぁっ…ん……」

彼の指が奥まで入ったかと思うと、入り口ギリギリまで出される。そして、また奥まで入っていく。それを繰り返され、ケイトリンは身体をガクガク震わせた。内部のどこかに感じる部分があるのだ。

突然、指を引き抜かれたときに、ケイトリンは目をぱっと見開いた。いつの間にか目を閉じて、快感に集中していたのだ。彼の愛撫が止まり、もっとしてほしいと思う気持ちから、ねだるように腰を揺らしてしまう。ケイトリンは自分の無意識の行動に気づいて、顔を赤らめた。

彼は誘うように囁《ささや》く。

「もっとしてほしいかい？」

ケイトリンはそっと頷いた。恥ずかしいが、このまま放っておかれたら、どうにかなってしまいそうだった。

ジェイクはにっこり笑い、ケイトリンの太腿に手をかけ、ぐっと両脚を押し広げた。

たちまち、彼が触れていた秘部が露《あら》わになる。

「や……やめて！」

まさか、そんなことをされるとは思わなかったのだ。必死で脚に力を入れて、閉じようとする。だが、彼はケイトリンの抵抗を封じ込めて、秘部に顔を近づけていった。

「い…やぁ……っ」

確かに嫌だと思ったはずなのに、舌がそこに触れると、別の意味で身体が震えた。

そこを舐《な》められたりしたくない。それは確かなのだが、実際に舐められると、あまりにも気持ちがよくて抵抗する気を失くしてしまう。指で触れられるよりも、ずっとよかった。

「はぁ…はぁっ……んっ…ん……」

彼の舌がある部分に触れる。すると、身体がビクンと跳ねた。

「な……何？」

特別に感じる場所があるらしい。ジェイクはそこを重点的に舐め始めた。ケイトリンの身体はビクビクと震えていく。感じすぎるくらい感じてしまう。やめてほしいが、もっとしてほしい。

ああ、どうしよう……わたし……。

身体の芯がどんどん熱くなっていく。

「やっ……ぁぁっ……」

何度か首を振ったものの、どうにもならない。こんな感覚は初めてだった。

わたしの身体、どうなっているの？

甘い痺《しび》れは、もう限界だった。

「ああっ……ダメぇ……っ」

ケイトリンは身体をぐっと反《そ》らせた。すると、熱いものが身体の中をせり上がっていき、頭の中を突き抜けていった。

「あぁぁあっ……！」

身体をガクガクと震わせる。

一体、何が起こったのだろう。ケイトリンは呆然《ぼうぜん》としていた。

激しい快感が身体を走り抜けていった後は、熱に浮かされたような気分になった。あまりの快感に、ケイトリンは息が整わず、身体をくねらせる。今のはなんだったのか、ぼんやり考えているうちに、ジェイクは体勢を変えていた。

不意に、秘部に彼の股間のものが当たっていることに気づいた。

「あ……あの……」

ケイトリンは目をしばたたかせた。彼のものはとても硬くて大きかった。それが愛撫をしてもらっていた部分に当たると、また気持ちよかった。しかし、それは偶然当たっているのではなく、彼が意図的に己のものをそこに押し当てていることに気づくと、当惑した。

彼は何をしようとしているの？

「ねえ……何を……」

「優しくするからね。……私を信じて。力を抜いて」

「えっ、でも……ぁ……っ」

ケイトリンは何もかも終わったような気がしていたが、実はそうではなかったようだった。

彼の硬いものはケイトリンの秘裂の内部へと侵入してきたからだ。

「痛い……っ……あぁ」

指とは大きさが違う。それが入ってこようとしている。ケイトリンは急に恐ろしくなってきた。身体が裂けていきそうな気がして、必死で彼を押し戻そうする。

「大丈夫だ。力を抜いて」

「無理よ……」

「お願いだ。私を受け入れてくれ」

彼の切羽詰まったような言葉を聞いて、ケイトリンははっとした。彼はこうすることで、自分が今さっき感じたようなものが得られるに違いない。

わたしばかり気持ちよくなったんだから、きっとこれからは彼の番なんだわ。

ケイトリンは彼の言うように、力を抜いてみようと努力した。痛みの中、それは容易ではなかったが、彼のためにと我慢した。

「……そう、ゆっくり呼吸して」

ケイトリンは彼の言うように、ゆっくり呼吸してみた。すると、身体に入っていた力が抜けていく。それを狙ったのか、彼のものはぐっとケイトリンの奥まで入っていった。

「あ……嘘《うそ》……」

信じられない。引き裂かれるような痛みと共に、今、何かが失われたような気がした。

だが、その喪失感も長くは続かなかった。ジェイクは腰を動かした。すると、ケイトリンの内部にあるものも一緒に動いていく。

「あっ……やだっ……やぁ……」

「何が……嫌なんだ？」

「だって……あぁ……んっ」

彼が何度か自分の内部を行き来するうちに、それによって再び気持ちよくなってくる。

まさか、こんなふうになるなんて……。

何もかも信じられない。

これは何？　どうして、こうなるの？

わたし、こんなふうに乱れたくないのに。

「あ……んっ……んんっ」

声も淫らになっている。ケイトリンはいつしか彼にしがみついて、身体をくねらせていた。

恥ずかしさもかなぐり捨てるしかない。自分の快感を持て余してしまう。

彼はケイトリンを抱き締めてきた。

「わ…たし……もうっ……！」

ああ、また……！

わたしの身体、どうなってしまうの？

内部を激しい快感が走り抜けていき、ケイトリンは身体を反らした。

「あぁぁぁっ……！」

同時に、ジェイクもケイトリンを抱き締めたまま、ぐっと腰を押しつけ、身体を強張らせる。

彼もきっとわたしと同じように感じたんだわ……。

そんなことを考えながら、彼が全身の力を抜くのを感じた。彼の身体が重い。けれども、不思議なほど、それが心地よくて……。

何も判らないが、ケイトリンは充足感を覚えた。

しばらくの間、二人とも甘い余韻の中を漂いながら抱き合っていた。荒い呼吸も整い、速かった鼓動も元のとおりになっていく。

ケイトリンは自分のすべてがジェイクのものになったことが判った。

そして、初夜の秘密の儀式のことも。

彼は身じろぎをして、やっと身体を離した。温《ぬく》もりが逃げていき、ケイトリンはほんの少し震える。

「大丈夫？　もう痛くないかい？」

「ええ……」

ケイトリンは頷いたものの、なんとなく納得できないことがあった。こんな体験をしておきながら、全部忘れられるものなのだろうか。いくら酔っていても、少しくらい記憶が残っていてもおかしくない。

「今の……初めて体験したような気がするんだけど……昨夜……」

「ああ、君は初めてのはずだよ。だから、あんなに痛かったんだ」

あっさり彼にそう言われて、唖然《あぜん》とする。彼は二人の間に何かあったかのように言ったのだが、それは嘘だったのだろうか。

「君はすぐ寝入ってしまったから、実際には何もしていない。けれども、二人が裸でベッドに入っていたのは事実だろう?」

それなら、彼は裸でベッドに入っていたことだけを言っていたのだろうか。なんとなく釈然としない。ケイトリンは初めてではないならいいと思い、身体を触らせてしまった。それが、こんな結果に繋《つな》がったのだ。

初夜ですることなのに……。

けれども、彼はプロポーズをしている。そして、自分はそれを受けた。父には了解を取っていないものの、二人は非公式に婚約しているということになる。

だから、結婚前にこんなことをしていいとは思わないが、ケイトリンは動揺する自分をなんとか宥《なだ》めようとした。

大丈夫。彼は信用できる人よ。

彼はネイサンなんかと違うんだから。わたしを大事にしてくれる人なんだから。

「ケイトリン、向こうは浴室なんだ。身体を洗おう」

彼はそう言い、ケイトリンを抱き上げた。

裸のままなのに！

ケイトリンは自分の格好に、たちまち狼狽《うろた》えた。

「一人で歩けるわ！」

「いいから。君を抱いていたい気分なんだ」

そう言われると、なんとなく嬉《うれ》しかった。冷たく放っておかれるよりは、抱いていたいと言われるほうがいい。

それにしても、浴室が別に設《しつら》えてあるなんてめずらしい。しかもそれだけでなく、最新式の設備も導入しているらしかった。浴槽も腰だけ浸《つ》かるものではなく、大きい。彼はケイトリンを下ろしてから、水道の栓をひねった。

「お湯が出るの？」

ケイトリンは驚いた。資産家と呼ばれるホワイト邸にもそんな設備はなく、腰湯に浸かるときは、使用人が湯を運んできてくれた。

ある程度の湯が入ると、二人で浴槽に浸かった。向かい合わせで入ったもので、ケイトリンは彼と目を合わせることができずに、うつむいた。裸で同じベッドで一晩過ごしたが、同じ浴槽の中にいることは、もっと親密な関係であるような気がして、ドキドキしてくる。

身体を綺麗にすると、彼はタオルを手渡してくれた。それで身体を拭く。すっきりしたものの、ドレスのことを考えて、顔を曇らせる。昨夜のドレスは椅子にかけられていた。きっと皺《しわ》になっているに違いない。そうでなくても、舞踏会用のドレスを朝に着るのは恥ずかしかった。

そもそも、彼の寝室を出るときは、どんな顔をしていればいいのだろう。昨夜、この屋敷の使用人にはまったく会わなかったが、それは夜遅かったためだ。朝にはちゃんと働いているはずだ。

身体にタオルを巻きつけて寝室に戻り、改めてドレスを見てみる。やはり皺が寄っていた。

「少し待っていてくれ。妹のドレスを借りてきてやろう」

彼は自分の衣類を身に着けながら、そう言った。

「妹さんは嫌がったりしないかしら……」

一晩、彼の寝室に泊まった若い娘のことを、彼の妹はなんと思うことだろう。そう考えると、恥ずかしくてたまらない。

「妹は母親と一緒にコテージで過ごしている。それに、妹は困っているレディに手を貸すことを嫌がったりしないんだ」

彼がそう言うなら、彼の妹はきっと親切ないい人なのだろう。メグだったら、ずっとねちねち文句を言われかねない。

ジェイクは素早く身支度を整えると、さっと寝室を出ていった。その間、ドロワーズやシュミーズ、ペチコートを身に着ける。ただし、このコルセットは誰かの力を借りなければ、身に着けるのは無理なようだった。

程なくして、彼はドレスを手にして、戻ってきた。上等なドレスだが、日中に着る普段着用のものだ。

「ありがとうございます」

彼はクスッと笑った。

「そんなに他人行儀に礼を言わなくてもいいんだよ。私達はついさっきまで裸で抱き合っていたんだから」

確かにそうだが、わざわざ指摘されると、顔が赤くなってくる。

「さあ、コルセットの紐《ひも》を結んであげよう」

彼はあまりきつくならないように注意しながら、紐を結んでくれた。そうして、ドレスの背中のホックをすべてつけてもくれた。

「ブラシもいるだろう？」

彼は上着のポケットからブラシを出してきた。それも妹の部屋から勝手に拝借してきたものなのだろう。

「妹さんにいつかお礼を言わなくては」

「言う機会はあるさ。だが、言わなくても判らないよ」

確かに、どうしてそんなことになったのかという説明をするのは、とても恥ずかしい。未婚の娘はこんなことをしてはならないのだから。

ああ、どうして昨夜はここに来てしまったのかしら。

やはり後悔している。しかし、あのままホワイト邸にいたら、ネイサンとの婚約を発表されていたに違いない。それを考えると、やはりこれでよかったのだとも思える。

少なくとも、好きな人と結婚できるんだもの。

未婚のまま男性と一晩過ごし、新婚初夜にやるべきことを先にやってしまったという後悔を除けば、何も言うことはない。

壁に取りつけてある鏡に向かって、髪をブラシで梳《と》いていく。髪に艶が出る頃には、やっと落ち着いてきた。代わりに、父がどんなに怒っているのか想像すると、家に帰ることが怖くなってくる。

もちろん、家に帰らなくてはならないだろう。彼と結婚したいなら、このままここにいるわけにはいかない。

父はジェイクを大切な取引相手だと言った。だから、ジェイクの手前、それほどきついことは言わないかもしれない。しかし、自分が父の信用を永遠に失ったのは間違いない。元から信用なんてされていないし、愛されてもいなかったのだから、別に大したことではないが。

ただ、いつか愛してもらえるかもしれないという望みは絶たれてしまった。

ネイサンに恥をかかせたことに対しては、特に罪の意識はない。持参金が目当てなのに、結婚しても愛人とは別れないと婚約者に言い放った彼は、ケイトリンを侮《あなど》っていたのだ。そんな彼に意趣返しができて、よかったと思っている。

もっとも、彼も激怒しているに違いないが。

舞踏会用の髪飾りは使えないし、ピンはあっても、それをどうしたらいいのか判らないので、長い髪は垂らしておく。おさげ髪が簡単だが、一度、おさげをやめてからは、もうあの髪形にはしたくなかった。

それに……わたしはもう少女じゃないわ。大人のレディに生まれ変わったのよ。

「支度はできたかい？　それでは、朝食を摂《と》りにいこう」

「わ、わたし……怖いわ。その……恥ずかしいの。ここに泊まったことが」

使用人の目には自分がどんなふうに映るのかと思うと、気が気ではない。

「いや、恥ずかしいのは私のほうだよ。れっきとしたレディを誘惑したんだからね。責められるのは私のほうだ」

「でも……きっとわたしがふしだらな娘に見えるはず」

彼は首を振った。

「一生、ここに閉じこもっているわけにはいかないよ。こそこそ隠れるようにこの屋敷を出ていくより、堂々としているほうがいい。君はどのみち結婚したら、ここに戻ってくることになるんだから」

確かに、こそこそと出ていくくらいなら、堂々と食事をしたほうがいい。

「判ったわ……」

逃げてはいけない。それに、父と対峙《たいじ》しなくてはならないのだ。ひょっとしたらネイサンにも会うかもしれない。食事をして、力を蓄えておくほうがいい。

二人は一緒に階段を下りた。すると、執事が声をかけてきた。

「おはようございます、伯爵様」

「ああ、おはよう」

執事は何か言いたげに、ケイトリンを見た。ジェイクはニヤリと笑い、もったいぶってケイトリンを紹介した。

「こちらはケイトリン・ホワイト嬢だ。もうすぐここの女主人になる」

執事は大きく目を見開いたが、すぐに丁重に挨拶をした。

「ご結婚がお決まりですか。おめでとうございます。……ミス・ホワイト、初めてお目にかかります。私は執事のランサムです」

執事がどう考えているかは判らないが、少なくとも礼儀正しく接してくれている。ほっとしながら、ケイトリンも挨拶を返した。

ジェイクは家政婦にも同じようにケイトリンを紹介した。未来の伯爵夫人と聞くと、誰もケイトリンを非難するような目では見てこなかった。そんなわけで、一時は食事なんて入らないかもしれないと思ったが、結局、朝食はすんなりケイトリンのお腹に収まったのだった。

朝食が済むと、いよいよ父と対決しなくてはならない。

ケイトリンは父のことを考えると、やはり怖かった。


昨夜乗った伯爵家の紋章がついた黒い馬車が、ホワイト邸の前に停《と》まった。

ジェイクに手を取られ、降りると、急にドキドキしてくる。このまま馬車の中に戻ってしまいたいが、これをジェイク一人に任せるわけにはいかない。彼に誘われたとはいえ、逃げることを選択したのは自分自身だ。責任は取らなくてはならない。

玄関の扉を開けた執事は、ケイトリンとジェイクを見て、驚いていた。

「お嬢様、旦那様がどれほど心配なさったことか……」

本当に心配してくれたのだろうか。ケイトリンの心は揺れた。

ジェイクはケイトリンの肩に手を回し、執事に向かって言った。

「オルフォード伯爵だ。ミスター・ホワイトに会いたい。急いで取り次いでくれたまえ」

執事は伯爵の名を聞いて、すぐにお辞儀をした。

「もちろんです。どうぞ客間にいらしてください。すぐに取り次いで参ります」

「わたしが伯爵様を客間にお連れするわ。あなたはお父様に……」

ケイトリンがそう言うと、執事は頷き、足早に書斎に向かった。ジェイクはそれを見て、肩をすくめる。

「こういうときに、伯爵の名は便利だな。私がただの若造なら、どんな目で見られたことか」

執事は客に対して勝手に対応を判断してはならないが、実際には親族でもなければ、大した身分もない人間には冷たくなるものだ。

二人は客間に入った。伯爵邸ほど豪華な客間ではないが、内装や調度品には気を配ってある。ケイトリンはメイドを呼んで、お茶の支度を頼んだ。メイドはケイトリンとジェイクを見て、目を丸くしているが、そそくさとキッチンに向かった。きっと裏に回って、噂話をするのだろう。ケイトリンは憂鬱になったが、とにかくこれを乗り切らなくてはならなかった。

二人が椅子に腰かけたところで、ようやく父が肩を怒らせてやってきた。目つきは鋭いものの、ジェイクには強く出られないようだった。

「オルフォード伯爵、よくお越しくださいました。……ケイトリン、おまえは一体どこへ行っていたんだ？　昨夜、私はどれほど恥をかいたことか……！」

やはり、心配してくれたわけではないのか。ケイトリンは落胆した。判っていたことだが、少しくらい心配してほしかった。

「お父様、わたし……」

どんなふうに自分の気持ちを説明しようか迷っていると、ジェイクが横から助け船を出してくれた。

「ケイトリンは昨夜、ずいぶんとショックを受けていました。なんでも婚約者が愛人を書斎に連れ込んでいたそうですよ。たまたま彼女はそこに入ってしまったのです。婚約者は持参金が目当てで結婚するから、愛人はずっと持ち続けると……。そう言ったとか」

「なんてことだ！　愛人のことなど黙っていればいいものを！」

父はネイサンを非難したが、ケイトリンが考えている非難とは違っていた。それにも、愕然《がくぜん》としてしまう。愛していない娘の幸せなど、父にとって、本当にどうでもいいのだろうか。

「お父様……。わたしがショックを受けたのは、ネイサンは結婚相手として最悪だと判ったからです。結婚前から、堂々と愛人を持つと言ってのけるのは、わたしをどう扱ってもいいと軽く見ているからでしょう？　わたしは……」

「だから、行方《ゆくえ》をくらませて、婚約発表の場をすっぽかしたのか！　ネイサンだって激怒していたぞ。おまえはただ私の言うことに従っていればいいんだ。いいか、次は逃げたら承知しない」

ケイトリンは言葉を失くした。父がこれほどまでに横暴だったとは知らなかった。そもそも、ネイサンがどういう人間なのか、父は早くから知っていたに違いない。それでも、父は娘を嫁がせて、仕事のために貴族との縁をつくろうと考えていたのだ。

こういうときなのに、ジェイクはクスッと笑った。父はジェイクに不審そうな目を向ける。

「残念ですが、サットン子爵はお嬢さんと結婚できませんよ」

「……どういう意味ですか？」

「昨夜、私はショックを受けて泣いているお嬢さんを、自分の屋敷に連れていきました。そこで気つけ薬代わりにワインを飲ませたら、眠ってしまわれまして……」

「まさか、娘はあなたのお屋敷に……！」

「不埒《ふらち》な婚約者がいるここに、泣きながら眠っているお嬢さんをお連れしたくなかったもので」

父は凄《すご》い形相で立ち上がった。

「伯爵、娘の婚約のことに、あなたは関わりがないはずだ！　まして、婚約発表があるとご存じだったでしょう？　どうして娘を連れ去り、ご自分のお屋敷に泊まらせたのですか！」

それこそ、相手が伯爵でなければ、掴《つか》みかかっていたかもしれない。父はそれくらい激怒していた。

ジェイクは反対に笑みを浮かべた。

「私がお嬢さんと結婚したいからですよ」

父は絶句した。そして、ふらふらと力なく椅子に座る。

「……娘と結婚したいと？　本気ですか？　まだ子供みたいなものですよ」

「いいえ、よくご覧になってください。お嬢さんは美しいレディです。気立てもいいし、穏やかで親孝行でいらっしゃる。私は彼女をあのクズのようなサットン子爵などにくれてやるのは、もったいないと言っているのです」

ジェイクが本気だと知ると、父の態度があからさまに変わった。ネイサンよりジェイクのほうが婿としていいと判断したのだ。

父は愛想笑いを浮かべた。

「伯爵がそのようにお考えであれば、私としても、あの不埒な者と娘をわざわざ結婚させなくても構いません。ええ、あの男は娘を不幸にしますからね」

父は子爵より、伯爵のほうがずっといいと思ったのだろう。それに、仕事での大事な取引相手だ。そこに娘を嫁がせたら旨味《うまみ》があると考えたに違いない。

ケイトリンはほっとしながらも、心の半分は落胆していた。今までの父に対する尊敬の念が消えていく。あれほど父に愛されるようにと頑張ってきたのに、すべては無駄だったのだ。

父は目的のためなら、娘でも売る。ネイサンにもさんざんいい顔を見せてきたはずだが、いきなり彼はお払い箱にされた。

でも、ネイサンに同情はしないわ！

ジェイクの言うとおり、あの男はクズなのだ。クズと結婚せずに済んで、本当によかった。

父への献身がそもそも見当違いだったが、それに気づかず、自ら自分の人生を捨てるところだった。

でも、わたしが助かったのは、すべてジェイクのおかげだわ。

そこへ、メイドがお茶のセットを持ってきた。ジェイクと父は結婚の日取りをもう決めている。メイドはそれを聞いて、驚いた顔をしていた。この噂も使用人の間ですぐに広まるだろう。

ケイトリンはティーカップにお茶を注いだ。父は激怒したことなどなかったかのような顔をして、にこにこしながらケイトリンの手つきを褒めた。

「娘は寄宿学校でみっちりとレディになる訓練を受けてきましたからね。伯爵夫人にふさわしい振る舞いができますよ」

父が自慢げにそう言うのを聞いて、ケイトリンは穏やかに微笑んだ。悲しみを隠しながら。

今朝の新聞に、オルフォード伯爵とケイトリン・ホワイト嬢の婚約記事が載った。

ジェイクは自分の書斎でその新聞記事を読んでいた。ネイサンがこれを目にするかどうか判らないが、いずれ彼はケイトリンの持参金がもらえないことを知るだろう。

ふと、ケイトリンが父親の言葉を聞いて、悲しそうな顔をしていたのを思い出し、ジェイクは顔をしかめた。

あの男はどうして娘にあんなふうに冷たくするのだろう。他にも子供がいるが、ケイトリンのように父の言いなりではないようだ。彼女の姉など、夫がいる身でありながら、他の男に言い寄っているのを見たことがある。彼女の兄は父親の後を継ぐつもりなのか、ホワイト商会で働いているものの、特に商売の才覚もないのに、やたらと大きな仕事をしたがる。きっと彼の代で会社は潰れてしまうだろう。

いや、ホワイト家のことはもういい。ケイトリンの父親のことを、ジェイクは軽蔑《けいべつ》している。しかし、性格や生き方を変えろと強制もできないし、そんなことをしたところで意味はない。たとえケイトリンが可哀想であっても。

だが、ケイトリンが自分と結婚すれば、少なくともあの家から出られる。父親に従う必要もなくなる。ジェイクは彼女のことを大切にしたかった。聡明《そうめい》であるにもかかわらず、自分のことを卑下《ひげ》しているようなところがある。そんな彼女を悪いものから守りたかった。

私だって、ケイトリンを利用しているが……。

しかし、彼女はネイサンと結婚するより、自分と結婚したほうが幸せになれる。だから、これは間違ってないのだ。

ジェイクは新聞を折り畳み、仕事に出かける準備を始めた。ジェイクは伯爵として受け継いだ領地からの収益があるが、今はもうそれだけで貴族が贅沢《ぜいたく》できる時代ではない。もし大きな屋敷をいくつも持ち、それを美しい状態で保ちたいと思えば、莫大《ばくだい》な資産が必要だ。ジェイクはそのために会社を経営しているし、投資もしている。

ホワイト商会は毛織物の輸出で儲《もう》けている会社で、ジェイクは貿易船を持っている。リスクはあるが、儲かる仕事だった。だが、最初から順調に儲けられたわけではなく、大変な目にも遭ったし、世界中を飛び回るようなこともしていた。ただ、ひとつ言えることは、無我夢中で働いたのだ。そして、今の自分がいる。

昨夜のうちにチェックしておいた書類を整理して、鞄《かばん》に入れていたところ、執事に来客の訪問を告げられた。

「サットン子爵がいらしてます。伯爵様にすぐにお目にかかりたいと」

ジェイクはニヤリと笑った。

やっと来たか。

「ここへ通してくれ」

わざと、ジェイクは机につく。この重厚な机には、不思議と威圧感がある。相手を委縮させる効果があるのだ。

程なく、ネイサンが書斎の扉を乱暴に開いて、中へ入ってきた。

「どういうつもりだ！」

彼は大声で怒鳴った。ジェイクは彼に椅子を勧めようとは思わない。そこで使用人のように、惨めに立っていればいいのだ。

「君こそ、どういうつもりなんだ？　他人の書斎にズカズカ入り込んできて、大声を出すなど、紳士とは言えないな」

「おまえこそ！　人の婚約者を横取りしやがって！」

彼はずいぶん荒れているようだ。紳士にあるまじき発言をしている。彼は元からこういう卑《いや》しい人間なのだ。

「本気で結婚したいなら、どうして婚約発表の舞踏会に愛人を紛れ込ませて、書斎で楽しもうとするのかな。どうせケイトリンを侮《あなど》っていたんだろう？　父親の言いなりで、意見も言えない娘なのだと」

「……おまえが彼女を唆《そそのか》したんだな？　そうじゃなきゃ、あいつに婚約者を捨てるなんて、大それた真似《まね》はできないさ！」

「まあ、そうかもしれないな。だが、君みたいな人間のクズと結婚して、彼女が不幸になるのは見ていられなかったんだよ」

「人間のクズだと……？」

ネイサンの顔色が変わった。凶暴な顔つきになっていて、ジェイクはそれを見て、口元を歪《ゆが》めて笑った。

「だから、後悔はしていない。彼女は美しいし、聡明で気立てもいい。素晴らしい伯爵夫人になるだろう。……ケイトリンの父親もそう思っているだろうしね」

「あの狸《たぬき》め！　僕に尻尾を振っていたかと思えば、今度はおまえだ。どうせなら、持参金の前払いを要求しておくんだった！」

「だが、いくらか搾《しぼ》り取ったんだろう？」

「持参金ほどじゃない。おまえのせいで、僕は……。一体、なんの恨みがあって、こんなひどい目に遭わせるんだ？　おまえなんかに、人間のクズだなんて言われる筋合いはない！」

ジェイクは冷ややかな眼差しを彼に向けた。

「そうかな。君は私に恨まれる理由があるんだよ」

「なんだと？　社交場で顔を合わせたことはあるが、おまえとは知り合いでもなんでもないじゃないか」

そうだ。彼は知らないのだ。そうだろうと思っていた。

ジェイクはゆっくりと立ち上がり、彼と相対した。

「ライナス・オコナーという名を覚えているか？」

「……ライナス……オコナー……？」

彼は記憶を辿《たど》っている。彼にとっては、重要な人物ではなかったから、覚えていないのだろう。

「そういえば、そんな奴《やつ》がいたな。同じ学校の同級生で、気の弱い男だった」

「確かにライナスは気が弱かった。おまえごときの子分になっていたんだからな。卒業してからも、おまえはライナスにさんざん悪い遊びを教え、金を巻き上げ、それだけでは飽き足らず、多額の借金を負わせた。だが、それはライナスの負債ではなく、本来ならおまえの負債だった。おまえにとっては大したことでもなかったんだろうが、ライナスは負債の重さに耐えきれず、自ら命を絶った……」

「な、なんでそんなことを……」

昔の悪事のことを指摘されて、ネイサンは顔色が悪くなっていた。婚約のことで文句を言いに怒鳴り込んできたのに、とんだ藪蛇《やぶへび》だと思っていることだろう。

「ライナスが日記に書いていたからさ。最後のほうは支離滅裂なことが書いてあった。私は彼がそこまで追いつめられていたとは知らなかった」

「ライナスが自殺したからって……おまえになんの関係があるんだ？」

「彼が私の義弟だからだよ。二度目の母の連れ子だった。可愛い義弟が死んだ原因を知った後、いろいろ計画を練ったんだ。彼の人生は破滅した。それなら、その相手の人生も破滅させなくてはいけないと……」

ネイサンはゾッとしたように後ろに下がった。

「復讐か！　復讐なんだな！」

ジェイクは冷たい目で彼を見つめて、微笑んだ。

「おまえは破滅する。だが、私は手を下さない。おまえが勝手に地獄へ堕《お》ちていくのを、ただ見ているだけだ」

そう。罠《わな》を仕掛けて待っていればいい。それだけのことだ。今、彼の金回りが悪いのも、破産まであと少しなのも、ジェイクの仕掛けた罠のせいだ。いつか彼にそれを告げる日が来るだろう。それが待ち遠しい。

「冗談じゃない！　僕は破滅なんてしない。地獄にも堕ちない。ケイトリンの持参金はもらい損ねたが、金儲《かねもう》けの方法はどこにだって転がっているんだ！」

彼はジェイクを睨みつけてきた。

憎くてたまらないのだろうが、自分の憎しみのほうが上だ。気が弱いだけのライナスをあんな目に遭わせた彼を、ジェイクは許す気には絶対になれない。

「覚えてろよ！　このままでは絶対に済まさないからな！」

ネイサンは捨て台詞を吐き、書斎を出ていった。扉が乱暴に閉められ、靴音が遠ざかっていく。

ジェイクは声を出して笑った。

婚約者を奪われるくらい、大したことではなかったと、彼は後から思い知るだろう。ともかく、これでケイトリンとネイサンの婚約問題は解決したということだ。ケイトリンの父親は確かに狸かもしれないが、どちらについたほうが得なのか、計算するのが早いだけだ。

結局、彼はいずれジェイクの予言どおり破滅する。

それを楽しむ前に、ジェイクはケイトリンと結婚し、彼女といい家庭をつくるのだ。

ジェイクは再び椅子に座り、目を閉じる。

ライナスの死を知ったのは、夢中で仕事をしていた頃だった。当時は、そうしなければならなかった。だから、ライナスがどう過ごしているかなんて、まったく気にも留めていなかった。けれども、彼は川で溺死した。

変わり果てた遺体を彼のものだと信じたくなかった。葬儀を終えた後でも、これは嘘だと、何かの間違いだと何度も思った。そして、日記を読んだ後、彼が死ぬほど悩みを抱えていたことを知り、単なる溺死ではなく、身を投げたのだと判った。

幼い頃のライナスは、ジェイクの後をついて回った。よく二人で領地の池に行き、魚を釣りに出かけた。あのときの可愛らしい笑顔が脳裏に甦《よみがえ》る。

『義兄《にい》様……ほら、見て。僕にもお魚釣れたよ』

それは、穏やかで幸せな日々の思い出だった。

本当の弟のように思っていたのに……。

ジェイクはライナスを死に追いやったネイサンを、絶対に許すことができなかった。

第三章　結婚式の陰に

とうとう花嫁になる日が来た。ケイトリンは婚約発表の舞踏会以上に、朝からそわそわして、緊張していた。

何度も練習はしている。式の進行は自分がするのではないのだから、順番を忘れたところで、大した被害はないはずだ。そう思いながらも、自分がとんでもない失敗をするのではないかという恐怖はなかなか去らなかった。

寄宿学校という狭い世界で何年も過ごしてきたケイトリンは、やはり社交界での経験がないために、細かいルールが判《わか》らない。時々、ひどく困惑することがあった。メグなど、嘘《うそ》を教えて混乱させようとするから、本当にひどい姉だ。

もし、ジェイクとの結婚が決まっていなかったら、メグの仕打ちにどれほど落ち込んだところだろう。しかし、ジェイクとの結婚が決まったからこそ、メグは嫉妬しているようだった。

両方の家族が集まって食事をしたときのことだが、メグはわざとジェイクに魅力を振りまいた。ネイサンに胸の谷間を見せたときのような真似をしたのだ。しかも、自分の夫がいる目の前で。だが、ジェイクは彼女には礼儀正しく接しただけで、興味を示すことはなかった。だから、メグは自分の手の届かないところにいるジェイクと結婚するケイトリンに嫉妬しているのだろう。

『こんな小娘が気に入るなんて、変わった趣味の人なんだわ』

メグの意地悪には慣れていても、やはり胸に突き刺さってしまう。ケイトリンは自分に自信がない。ジェイクに綺麗だと言われて、少し自分でもそんな気がしていたが、メグの一言でまた自信を失ってしまう。

でも、ジェイクは優しいから大丈夫よ。

彼の家族も優しい人達だった。彼を産んだ母親は彼が子供の頃にこの世を去ったらしい。今の母親ブレアは二度目の母だが、いつも明るく朗《ほが》らかな人だ。そして、彼と半分だけ血の繋がった妹のトリシアは、ケイトリンのひとつ年下で、誰に対しても屈託《くったく》がなく、仲良くなれそうだった。

ジェイクの父親が亡くなり、爵位を継いだのは、彼が二十二歳のときだという。彼は大したことはなかったと言うが、その年齢でやるべきことをしっかりやり遂げるなんて、誰にでもできることではない。意外と苦労してきたのかもしれない。

結婚式まで慌ただしかったので、彼のことをまだあまり知らない。けれども、結婚したら、きっと何もかも知ることができるだろう。ケイトリンは彼のことが好きになっていたし、彼にも好きになってもらいたかった。そうして、いつかは子供にも恵まれる。

それを想像すると、夢見心地になってしまう。

必ず愛と優しさの溢《あふ》れた家庭をつくろう。子供には決してつらい思いをさせないつもりだ。

ケイトリンはあの舞踏会の夜のように、ポリーに支度をしてもらった。美しいドレスは父の見栄《みえ》のためだろう。ロンドンの教会で結婚するのなら、誰に見られるか判らないからだ。そういったときに、ホワイト商会の娘は素晴らしいドレスを着ていたと噂《うわさ》されたいのだろうと思っている。

もはや、父にはなんの期待もしていなかった。父は決してケイトリンを愛したりしない。それが嫌というほど判ったからだ。

だが、シルクの薄い布に繊細なレースを合わせたドレスは、素晴らしく美しかった。ドレスの裾と同じくらい長いベールには、オレンジの花飾りをつけてある。ポリーは完璧だと褒めてくれた。

支度を終えたケイトリンは、ドレスの裾やベールを踏まないように注意して、階段を下りていった。

階段の下では兄のジョージが待っていた。

「他のみんなは？」

「みんな、先に教会へ行ってるよ。メグはおまえのウェディングドレスのほうが、自分が着たやつよりいいものだと言って、拗《す》ねてしまったからな」

「まあ……。お兄様、ごめんなさいね」

ジョージは肩をすくめた。

「いや、おまえが謝ることじゃいなさ。メグの奴、子供の頃からおまえに意地悪ばかり言っていたからな。結婚式くらい、姉らしく綺麗だって言ってやればいいのに」

昔はジョージもケイトリンのことは徹底的に無視していたが、よく考えてみれば、あれは子供の頃のことだ。大人になってまで、それを引きずっているのがおかしいのかもしれない。

ジョージは照れたように言った。

「ケイトリン、おまえはドレスのせいだけじゃなくて、美人だよ。母様そっくりだ。その蜂蜜色の髪もはしばみ色の瞳も」

ケイトリンも改めて兄にそう言われると、照れてしまう。けれども、ジョージがそう言ってくれるということは、お世辞ではないのだろう。

「でも……お父様は、わたしがお母様に似ているから嫌なんでしょう？」

「さあ、父様の考えていることはよく判らない。最近の父様はおかしいよ。おまえをネイサンみたいな奴に嫁がせようとするんだからな。今だから言うが、僕は反対だったよ。オルフォード伯爵との結婚は祝福するけど」

ケイトリンはにっこり笑った。

「ありがとう、お兄様」

「さあ、教会へ行こう。花嫁が遅れたら、みんながやきもきするからな」

婚約発表の場から逃げ出したことがあるからだろう。けれども、今度は逃げたりしない。ケイトリンはジェイクなら安心できると判っている。

彼となら、きっと幸せになれるわ……。

ケイトリンは教会のバージンロードを、父と共に歩いた。

たくさんの招待客が信徒席についている。何度も練習をしているが、ドレスがいつも着ているものより裳裾《もすそ》が長いので、万が一、踏んだりしたら大変恥ずかしいことになる。だから、慎重に一歩一歩、祭壇の前に立つジェイクに近づいていった。

ジェイクは花婿用の正装をしていて、いつもよりもっと素敵に見える。見目麗しいだけでなく、彼はちゃんとした紳士だ。そして、ケイトリンを幸せにすると誓ってくれた。

いよいよ、わたしはジェイクの花嫁になるのだわ！

彼は花嫁姿のケイトリンを柔らかな眼差しで見つめている。最初、彼を見たとき、冷たそうな人だと思ってしまったのは、何故だったのだろう。彼はネイサンとの悲惨な結婚からケイトリンを救ってくれた。そして、ケイトリンにプロポーズしてくれた。

初夜はもう済ませてしまったことになるが、こうして彼と結婚するなら、これですべて間違いはなかったことになる。つまり、これは正しいことなのだ。

少なくとも、ケイトリンはネイサンなんかより、ジェイクのほうがずっと好きだ。

ジェイクと並び、ケイトリンは彼に微笑みかける。彼もまたケイトリンに優しく微笑む。

わたし達、仲良しの夫婦になれるわ。ひょっとしたら、愛し合う夫婦にもなれるかもしれない。

だが、ケイトリン自身、愛というものが判らない。物語の中の愛は判る。しかし、ケイトリンが自分で実感したものではないのだ。それはどういったものなのか。そして、どういうときに判るものなのだろうか。

愛というものが判らないのに、それでもケイトリンは愛情に憧れていた。誰かを愛し、愛されるという夢を追っている。だから、いつかは判るかもしれない。これが愛というものだと。もし判ったら、それを大切に育てていきたい。そうして、ジェイクやその子供達に愛情を注ぐのだ。

いつかはきっと夢がかなうはず。

ケイトリンはそう信じて、彼の隣に立つことにしたのだから。

司教の話が始まる。ケイトリンは自分が軽く興奮しているのを感じた。目立たないケイトリンが、今、たくさんの人から注目されている。自分がこんな信じられないくらい素敵な男性と結婚しようとしているなんて、嘘みたいだ。

荘厳なオルガンの音が響き、賛美歌が歌われる。

やがて、愛の誓いの言葉を口にするときが来た。司教が尋ねる。たとえどんなときでも新婦を愛することができるか、と。彼はよく響く低い声で、躊躇《ためら》うことなく答える。

「はい、誓います」

次はわたしの番だわ……。

司教はまったく同じことをケイトリンにも尋ねた。健やかなるときも病めるときも、喜びのときも悲しみのときも、富めるときも貧しきときも、愛し、敬い、慰め、助け、死が二人を分かつまで真心を尽くすこと誓うかと。

「はい、誓います」

それ以外の答えなどない。ネイサンが花婿だったら、躊躇ったかもしれない。けれども、ジェイクになら、真心を尽くすことができる。彼は信じられる人間だからだ。

ケイトリンの中で、二人が歩む未来が広がっていく。

二人なら、きっと大丈夫よ……。

彼がケイトリンの手を取り、指輪をはめてくれた。しばらく結婚の準備で忙しく、あのプロポーズの日以来、彼とそんなに長い時間会うことはなかった。けれども、これからはずっと一緒なのだ。

ケイトリンは彼に指輪をはめた。こうして指輪を交換することは、愛を誓い合うのと同じことで、ヴィクトリア女王が始めた厳粛な儀式のひとつなのだ。

「ここに、二人が夫婦であることを認めます」

司教は続けて、花嫁にキスをするように言う。

向き合うと、ベール越しに彼の瞳がきらめいているのが見えた。彼もまたケイトリンと同じように、軽く興奮しているのかもしれない。結婚式というのは儀式だが、彼とケイトリンの二人が法律的に結ばれることを意味するからだ。

つまり、彼はわたしのもの……。

もちろん、わたしは彼のものだわ。一生、彼と共に生きるのよ！

ジェイクはケイトリンのベールを開いた。ケイトリンは彼の青い瞳を見つめる。彼のこの瞳がこうして自分をまっすぐ見つめる限り、嘘はどこにもないはずだ。

「綺麗だよ……。本当だ」

彼はケイトリンにそう言うと、唇を重ねた。

それは一瞬のことだったが、ケイトリンをうっとりさせるのに充分だった。割れるような拍手の中、ケイトリンは彼の妻になったことを実感した。

彼はケイトリンの手を取り、自分の腕にかける。そして、眩《まぶ》しいほどの笑みを見せてくれた。

結婚披露宴はホワイト邸で行われた。

ネイサンとの婚約発表のための舞踏会が開かれたのは、ついこの間のことだったように思える。実際、あれから驚くような速さで、結婚式に至ったのだ。ジェイクはすぐにでも結婚したがったし、財力さえあれば、結婚特別許可証を買うこともできる。簡単なことだった。

ただ、彼は最高のウェディングドレスを仕立てるのに、少し時間を設けただけだ。その他のことは、彼にとってはどうでもいいことだったのだ。

天気のいい今日は、庭でテントを張り、ガーデンパーティー風の結婚披露宴となった。もちろん雨が降れば、屋内で立食パーティーをする予定だった。

ケイトリンは花嫁衣装のままで、ジェイクと共に客人に挨拶をして回った。たくさんの人が祝福の言葉をかけてくれたものの、ケイトリンがネイサンと婚約発表することになっていたことを知っている者は多いだろう。

とはいえ、ネイサンは女たらしで有名だったので、オルフォード伯爵が相手でよかったとこっそりケイトリンに言ってくれる人もいた。ネイサンはその後、あまり社交界では顔を見かけないそうだ。やはり、自分のせいで恥をかいたことでそうなったのだろうか。ケイトリンは少し責任を感じた。

でも、婚約が公《おおや》けになる前に、ネイサン自身が人に触れ回ったからいけないんだわ。

彼は何があったとしても、ケイトリンは婚約解消をしないだろうと侮《あなど》っていた。完全に自分が操ることができる子供だと思っていたのだろう。

やがて、ワルツが演奏されて、しきたりどおり、まずジェイクとケイトリンがダンスを始める。ケイトリンはジェイクの力強いリードに身を任せ、彼の顔ばかり見つめていた。

だって、とても素敵なんですもの！

花嫁衣装のケイトリンを彼は褒めてくれたが、花婿用の正装をしている彼はいつもよりずっと高潔な紳士に見えた。ケイトリンは踊りながら、いつしか微笑みを浮かべていた。

「ダンスがそんなに好きなのかな？　すごく楽しそうだ」

「この披露宴が楽しいのよ」

そして、何より彼のことが好きだから。

ケイトリンは彼の顔を見る度に、心が浮き立つような気分になっていた。ふわふわと空に漂い、飛んでいってしまいそうだった。

この結婚に、少し不安があるとしたら、ケイトリンが社交上の細々とした約束事を、あまり知らないことだった。伯爵夫人として大きな屋敷を切り盛りしたり、女主人としてパーティーや舞踏会を開くことができるだろうか。ついこの間まで、寄宿学校の生徒でしかなかったのだ。やはり、そのことには自信がなかった。

それでも、もう伯爵夫人になってしまったのだから、努力しなくてはならない。いつか、彼にふさわしい妻だと認めてもらえるように頑張るしかなかった。

ケイトリンには母親がいないので、そんなとき気軽に相談する相手がいなかった。もちろん、メグに相談したくはない。メグはどんな意地悪をしてくるか判らないからだ。

ダンスが終わると、ケイトリンは少し疲れたので椅子に腰かけた。

「何か飲み物を持ってきてあげよう」

ジェイクはそう言って、飲み物を取りにいってくれた。

たくさんの人が楽しんでいるようで、みんなの笑顔を見ていると、ケイトリンはなんだか幸せな気分になった。舞踏会やパーティーというのは、こんなふうに招いた人を楽しませるものなのだろう。

「花嫁さん、疲れたの？」

隣の椅子に座ったのは、ジェイクの継母のブレアだった。この結婚披露宴は、ブレアとトリシアが手配してくれたものだ。メグも手伝うと言ってくれたが、実際にはほとんど何もしてないのを知っている。

「お義母様《かあさま》、こんなに素晴らしい披露宴を開いてくださって、ありがとうございます」

「ジェイクが幸せになってくれるなら、いくらでもお手伝いするわよ。それに、トリシアにもいい勉強になったわ」

ブレアはにっこり笑いかけてくれて、ケイトリンは嬉《うれ》しくなった。彼女は自分の息子ではないジェイクをとても大事にしている。まるで本当の息子であるかのようだった。

わたしもこの人になら、少し甘えてみてもいいかしら……。

朗らかな彼女に、ケイトリンはドキドキしながら尋ねてみた。

「わたし……社交界のことも、こういったパーティーのこともよく知らないんです。お義母様に教えていただけたらと思っているのですが……」

「あら、いつでもどうぞ。わたし、暇を持て余しているのよ。ジェイクのお嫁さんに教えてあげられたら、わたしも嬉しいわ！」

彼女は本当に嬉しそうにそう言ってくれた。ケイトリンは初対面のときから彼女に好意を持っていたが、ますます好きになってしまった。

「ぜひお願いします！」

「そういえば、あなたはずっと寄宿学校に入っていらしたとか」

「はい、八歳から十年間です。修道院付属でしたから、シスターと先生がわたし達を指導してくださいました」

寄宿学校の学長は修道院長も兼ねていて、ひどく厳格な人だった。優しいところもあったが、小さい頃はとても怖かったことを覚えている。

「十年間も我が子をそんなところへやるなんて……。わたしにはできないわ。でも、お母様がいらっしゃらなかったから、お父様も泣く泣くそうなさったのでしょうね」

いつも不思議に思っていたのだが、メグは寄宿学校には行かず、ずっと家庭教師についていたのだ。やはり、ケイトリンだけがこの家の中で余計者だったに違いない。

「ケイトリン、わたしね、偏見かもしれないけど、寄宿学校というものが嫌いなのよ。……子供の中には強い子もいれば、弱い子もいるでしょう？　学校も生活するところも一緒だと、逃げ場がない。泣いても喚《わめ》いても、家に帰してもらえなくて……」

「そういう子を、わたしもたくさん見てきました。でも、親に入れられた以上、子供にはどうすることもできないんです。全員、強い子になるように求められますが、そうなれない子も絶対いますし……」

「そうよね。ライナスは弱い子で、強い子の言いなりだったのよ。そうすることでしか生きられなかった。わたしがもっと気をつけていればよかったのに」

ブレアは遠くを見るような目でぼんやりと言った。突然、彼女の話に出てきたライナスという名前に、ケイトリンは首をかしげた。

「ライナスというのはお義母様のご兄弟ですか」

「いいえ……。わたしと前夫の子よ。もう亡くなっているけど」

「まあ……あの、すみません。わたしの話で、思い出されてしまったのですね」

彼女は淋《さび》しそうに微笑んだ。

「そうですね……」

「わたしこそ、ごめんなさい。もう何年も前のことなのよ。ライナスのこと、ジェイクには訊かないでやってね。ジェイクはいつもライナスのことで自分を責めていたから。あの子の責任なんかじゃないのに」

「はい……。判りました」

ケイトリンはそう返事したものの、なんとなく釈然としなかった。ジェイクが義弟の死のことで、自分を責めていたというのだろうか。それと、寄宿学校の話が繋がらなくて、ケイトリンは混乱した。

しかし、彼女の言うとおり、ジェイクにはつらい話なのだろうから、尋ねないほうがいいだろう。このままこの問題も眠らせておいたほうがいい。

人込みの中を縫うように、笑顔のトリシアがこちらに近づいてくるのが見えた。

「ケイトリンとお母様、こんなところで何をしているの？」

ブレアはにこやかに答えた。

「ただ、話をしているだけよ」

ケイトリンは立ち上がり、トリシアの手を取り、両手で包んだ。

「トリシア、あなたとお義母様のおかげで、こんなに素敵な披露宴になったわ！　ありがとう！」

トリシアはどことなくジェイクに似た目を細めて、笑った。

「喜んでもらえて嬉しいわ。わたしも飾りつけのアイデアを出すのが楽しかったのよ。あなたのお父様が惜しみなくお金を出してくださったから、すべて上手《うま》くいったわ。あなたはお父様に愛されているのね」

ケイトリンはその言葉を聞き流した。父が大金をこの披露宴に投じた理由は判っている。見栄のためだ。ホワイト家はこれほど財力があると示したいのだ。伯爵家と縁ができたということを、社交界に知らしめたいのかもしれない。

「そういえば、お兄様はどうなさったの？　花嫁を一人にしておくなんて」

「さっき、飲み物を取りにいってくださったんだけど……」

なかなか戻ってこないが、どうしたのだろう。ケイトリンは招待客の中にジェイクがいるのを見つけた。誰か女性と話している。ジェイクとあまり年齢の変わらない美しい女性だ。

そのとき、トリシアが呟《つぶや》いた。

「やだ。あの人が来てるなんて。招待状のリストには名前がなかったはずなのに」

どういうことだろう。招待してないのに来ているはずがないが、誰かの同伴なのだろうか。それとも、彼女達に覚えがないなら、ホワイト家からの招待リストに入っていた人なのかもしれない。ケイトリンは知らないから、父の知り合いなのか。

でも、ジェイクは彼女と知り合いみたいだわ……。

そう思うと、ケイトリンは胸の奥がカッと熱くなるのが判った。

嫉妬かしら。

ただ話しているだけなのに、いちいち嫉妬されたら、ジェイクも困るだろう。

でも……やっぱり気になるわ。

「あの女性の方、どなた？　ジェイクのお知り合い？」

トリシアは困ったような顔をした。

「えーと……わたしもよく知らないのよ。ジェイクの昔の知り合いだと思うわ」

曖昧なことを言われると、余計に気になる。もしかしたら、ジェイクの昔の愛人なのだろうか。彼だって、ケイトリンに会うまでは、普通の紳士のように相手がいなかったとも限らない。

そういう人の存在が嬉しくないのは確かだが、昔のことをこだわっていても仕方ない。

今は、わたしが彼の妻なんだから……！

もう一度、勇気を出して、彼のほうを見ると、今度こそグラスを持って、こちらに向かっていた。

「遅くなって悪かった。客に話しかけられたから……」

彼はシャンパンのグラスを差し出した。

「ありがとう。お知り合いの方だったの？」

「……ああ、昔のね。ところで、ここで集まって、なんの話をしていたんだ？」

さり気なく話題を変えられた気がした。ケイトリンの中で、疑う気持ちが少し芽生えたが、彼を信じなくてはいい結婚生活は送れないだろう。結婚の誓いをしたばかりで、彼を疑うなんてどうかしている。

ケイトリンは笑顔で答えた。

「お二人に披露宴のお礼を言っていたのよ」

「ああ、そうだ。私からも礼を言うよ。大変だったろう？」

ブレアは微笑み、トリシアは首を振った。

「わたし達、楽しんで計画したのよ。それに、お兄様と新しいお義姉《ねえ》様が幸せになってほしいから」

末っ子のケイトリンは義理とはいえ、姉と呼ばれる立場になったことが嬉しかった。頼りない義姉で、トリシアの力にはあまりなれないかもしれないが、それでも彼女のいい義姉になれるように努力したかった。

結婚して、伯爵夫人になったけど、これからが大変だわ！

しかし、その努力も頑張ってするというよりは、楽しんでやれるような気がしてきた。それも、トリシアのおかげかもしれない。

ケイトリンはしばらくして自分の部屋に向かった。とはいえ、自分のものは伯爵邸に移動させているので、家具ばかりでガランとしている。十年も寄宿学校にいたので、それほどこの部屋に大きな思い入れがあるわけではない。小さい頃の部屋は子供部屋だったし、休暇の度に帰ってはいたものの、この部屋で過ごしたのは一年にも満たない。

それでも、もうお別れだと思うと、少し淋しい気持ちになってくる。

わたしはこの屋敷でなんの役にも立てなかったわ。

唯一、褒められたのが、ジェイクと結婚することになったときだ。父が用意した子爵夫人という椅子ではなく、自分で行動した結果、伯爵夫人という椅子を得たからだ。もちろん、ケイトリン自身がそのために動いたのではない。たまたま、そういうことになったというだけだが。

朝までこの部屋にあった細々とした物も、ポリーが伯爵邸に持っていったはずだ。ポリーはそのまま引き続き、ケイトリンの小間使いとしてジェイクが雇ってくれる。気心がしれた使用人が傍にいたほうがいいだろうと、気を遣ってくれたのだ。

忘れ物がないのを確認して、階段を下りると、そこに父がいた。父はケイトリンに気づくと、声をかけてきた。

「おまえに少し話がある」

そう言われて、ケイトリンは父と共に書斎へ向かった。書斎の壁には母の肖像画が掲げられている。今になって気づいたが、この肖像画は母がケイトリンくらいの年齢に描かれたものらしい。だからこそ、その年齢に近づいたケイトリンは、母にどんどん容貌が似てきたように感じるのだろう。

もちろん母のほうが美しい。けれども、こうして花嫁衣装を着ている自分は、母によく似ている。父に似たところもあるのだが、どちらかというと、やはり母似だ。

「おまえはジェシカによく似ている」

ジェシカは母の名だ。父は母のことを口にしなかったし、母の両親は早く亡くなり、母の兄とはほとんど会うこともないので、ジェシカという名を聞いたのは久しぶりだった。

「お父様はわたしがお母様に似ていることが好きではなかったのでしょう？」

父と二人きりで話すことが、これからあるとは思えないので、最後に確かめておきたかった。父がケイトリンのことをどう思っているかを。

「そうだな……。私に似ていればと思っていた」

ケイトリンの胸にグサリと尖《とが》ったものが突き刺さったような気がした。

「わたしが生まれたために、お母様が亡くなったから……」

「そうではない。メグはそう言って、おまえを苛《いじ》めていたようだが違う。それどころか、ジェシカが死んだのは……私のせいかもしれないと思うときがある」

父がそんなことを言ったのは、これが初めてだった。父も母のことで、ケイトリンに何か言いたいことがあるのかもしれない。だから、ここへ連れてきたのだ。ケイトリンが父の娘として、ここにいるのは最後だからだ。

「どうして？　お母様はわたしを産んで、すぐ亡くなったのでしょう？」

「出産は命懸けだ。そういうこともある。それは、おまえのせいではない。だが、おまえが私に似たところがあれば……」

「どういうことなの？」

父がどうしてそんなことにこだわっているのか、ケイトリンには判らなかった。父に似ていようが、いるまいが、ケイトリンの父親は父だ。それには変わりがないはずだった。

「ジェシカは私と結婚したとき、他に好きな男がいたんだ。私は金にものを言わせて、好きな女と結婚した。しかし、ジェシカは嫌々ながら嫁いだ。男のほうは軍に入り、国のために戦い、ひどい怪我《けが》を負ったらしい。しばらく田舎で静養していたようだが、ちょうどあのときロンドンに現れたんだ……」

「『あのとき』……？」

「おまえが生まれる前のことだ。ジェシカがあの男とキスしているところを、私は見てしまった。それからすぐ後に、おまえを身ごもったと……」

ケイトリンは立っていられず、ふらふらと椅子に座った。今では、ジェイクとした行為で子供を身ごもることを知っている。父は母が初恋の男性と浮気していたと疑っているのだ。

「私はジェシカが身ごもっている間中、責め続けた。おまえはふしだらな女だと。おまえの腹の子はあの男の子供だろうと……」

「お、お母様はなんとおっしゃっていたの……？」

「キスはしたが、それだけだと言っていた。どうか信じてくれと。だが、嫉妬でおかしくなっていた私は聞く耳を持たなかった。私はジェシカを苦しめ続けた。恐ろしいことに、いっそのこと子供が死んでくればいいとも願ってしまった……」

父は両手で頭を抱えた。絞り出すような声が、その頃の父の苦しみを語っていた。ケイトリンはもう何も言うことができなかった。

「だが、死んだのはジェシカだった。子供の死を願った私に、神が罰を与えたのだと思った。おまえはジェシカにあまりにも似ていた。蜂蜜色の髪に、はしばみ色の瞳。……そう、あの男も同じような髪の色だった。だから……」

ケイトリンは立ち上がった。

「違うわ！　わたしにだって、お父様に似ているところがあるわ！」

そうだ。父に認められたくて、振り向いてもらいたくて、懸命に探したのだ。父と自分が似ているところを。

父はこちらに目を向け、ふらふらと近づいてくる。

「どこだ？　おまえのどこが私に似ているというんだ？」

「耳よ。乳母に言われたことがある。そっくりだって。鏡でも確かめたわ。鼻も少し似ているし、爪の形も！」

ケイトリンは手を差し出した。父の手と並べてみた。気味が悪いほど、父とは爪の形が同じだった。

父は食い入るようにそれを見た後、ケイトリンの顔を見て、鏡で自分の耳の形を確かめた。

「ああ……私はなんということをしてしまったんだ……！」

顔は真っ青になり、父は両手で頭を抱え込み、ソファに突っ伏した。

今になって判った。父こそが母の死に責任を感じていたのだ。母が無実かもしれないと思いながらも、嫉妬にかられて責めてしまった。母が亡くなったことで、自責の念に耐えかねて、生まれた子供は他の男の子供だと思い込んだのだ。

もし、ケイトリンが自分の子かもしれないと思う気持ちがあれば、父のほうが気づいたはずだった。ケイトリンが父に似ている部分を。

「私は……己の過ちを認めたくなかった。だから、おまえを遠ざけたんだ」

父には、そのほうが楽だったのだ。そのためにケイトリンを犠牲にした。

ケイトリンは父の無関心に立ち向かうすべを知らなかった。ジョージは父の真似をして、関心がない素振りをし、メグは母の死をケイトリンのせいにした。ケイトリン自身、自分のせいで母が亡くなり、そのために誰からも愛されないのだと思い込んでいた。

でも、真相は全然違っていたんだわ……。

わたしは何も悪くなかった。すべては父が招いたことだったんだもの。

しかし、怒りは湧いてこなかった。父を哀れに思うだけだった。父は母を愛し過ぎていた。母を自分のものにしながら、愛されていないと思っていたのだろう。だから、嫉妬した。母が生きていれば、いつかは修復できたかもしれないが、そうはならなかったのだ。

父は今も母を愛しているし、母の死に責任を感じている。再婚せずに、仕事に没頭し、ケイトリンをその仕事に有利なところへ嫁がせようとした。それほどまでに、母に似ているケイトリンは目障りだったのだろう。

父は顔を上げた。その顔はいつもの厳しい顔つきとはまるで違っていた。

「ケイトリン……すまない。私は我が子になんという仕打ちをしてしまったのだろう。謝っても済まないことは判っている。だが……」

「もう……いいの、お父様……」

ケイトリンはそう言うしかなかった。

時間は戻せない。ケイトリンが失った時間は膨大だった。今になって、事情が判り、謝られても、何も変わらない。ケイトリンは愛されずに育った。そのことは変わらないし、ケイトリンが今まで味わってきたものも変わらない。

「おまえは……私を責めないのか？」

父は責めてほしいのだ。そうすれば、償《つぐな》いができると考えているのだろう。しかし、ケイトリンは父を責めても、どうにもならないことは判っている。それに、悲しくて、責める気力も出てこない。

ケイトリンは父を哀れに思うあまり、なんとか言葉を紡ぎだした。

「わたし……事情が判って、少し気持ちが楽になったわ。わたしは誰にも愛されない子だと思っていたから。わたしのどこが悪いのかって、いつも考えていた。でも、わたしのせいではなかったのね」

それでも、長年染みついたものから楽になれる日は、来るのだろうか。

父に愛されることはないだろうと、ケイトリンはほとんど諦めていた。そして、他の誰かから愛されることもないだろうと思っていた。そして、愛というものが判らない自分には、ひょっとしたら人を愛せないかもしれないと。

ただし、今までは希望を抱いていた。物語のように、愛し合う二人の結婚を。

父が母に抱いていたものが愛だというなら、ケイトリンは人を愛したくなかった。愛がそれほどまでに人を追いつめ、苦しめるものならば、そんなものはいらない。今までどれほど苦しい思いをしてきたことだろう。今更、そんな苦しみを味わいたいとは思わない。

今はジェイクを愛したくない。ジェイクに愛を求めたりもしたくない。

ケイトリンの脳裏に、美しい女性と話すジェイクの姿が甦った。あのとき、自分の心に黒い雲のようなものが湧いてきたのが判った。あれは、やはり嫉妬心なのだろうか。

だとしたら、もう手遅れなの？　わたしは彼を愛しているの？　まだ、彼のことなど、ほとんど知りもしないのに。

ケイトリンの心は揺れ動いた。

父が静かに立ち上がった。ほんの一時の間に、父は何歳も老け込んだようだった。よろよろとこちらに近づいてきた。そして、沈痛な表情でケイトリンを見下ろす。

「許してくれなどと厚かましいことは言えない。だが、もし困ったことがあったら、いつでも言ってくれ。私にできることなら、なんでもする。おまえのために、なんでもするから……」

父の絞り出すような声に、ケイトリンは胸が痛くなった。

許すと言いたかった。けれども、どうしても言えなかった。

だって、わたしはお父様のことが信用できないんだもの。

「お父様……わたしは大丈夫よ。一人で大丈夫」

そう言ってしまうのは、決して復讐したいからではない。本当にそう思うからだ。しかし、父の打ちのめされた表情が、ケイトリンの心に重くのしかかった。

ジェイクは結婚披露宴の後、ケイトリンと共に自分の屋敷に戻った。

明日から新婚旅行に向かうが、今夜はここに泊まる。結婚して初めての夜を、宿屋で迎えたくはなかったからだ。

馬車が玄関前に着くと、執事が扉を開いた。そこには使用人全員が並んでいる。ジェイクはケイトリンに、一人一人紹介していった。

彼女はにこやかに挨拶していく。どこかの気取った令嬢であれば、きっとツンとして澄ましているところだろうが、彼女は笑顔で使用人にも優しく接した。やはり、彼女と結婚してよかったと思う。

ネイサンから金蔓《かねづる》を奪うために、彼女を攫《さら》ったのだが、結果的にこれでよかったのだ。すべて丸く収まった。彼女はネイサンのようなくだらない男と結婚せずに済んだし、彼女の父はネイサンに金を吸い取られず、子爵ではなく伯爵の婿を得た。そして、ジェイクは念願の復讐を果たせそうだ。

今、ネイサンと娘を婚約させようと企《たくら》む資産家はいない。ジェイクが彼に関する噂を流したからだ。ネイサンとケイトリンの婚約が解消されたのは、ネイサンが公然と浮気をすると宣言したからだと。もちろん、婚約発表の舞踏会で愛人と不埒《ふらち》な真似《まね》に及んでいたことも。

舞踏会から逃げ出したケイトリンを不快な噂から守るためでもあったが、期待以上に上手くいった。いくら娘を貴族に嫁がせたいと成り上がり商人が考えたとしても、やはり娘の結婚相手にはある程度の基準というものがある。婚約している間くらい、娘をちやほやして、いい気分にさせるような男でなければ失格だ。

今、ネイサンを婿として迎え入れる家は、社交界の笑いものになる覚悟が必要だろう。あんな不埒な男と結婚させてまで、貴族と縁続きになりたいのかと。

しかし、そもそもケイトリンの父が、ネイサンと娘を結婚させようと思ったのがおかしいのだ。普通の親なら、あんな男に娘を嫁がせようとするだろうか。まるで娘のことなど、どうでもいいとしか思ってないようだ。そのことでも、ジェイクはケイトリンに同情していた。だから、ジェイクは彼女と結婚し、できる限り彼女を幸せにしてやりたいと思った。彼女は幸せになるに値する人間だ。今まで彼女を観察していて、ジェイクにはそれが判っていた。

彼女は子供達を愛する、いい母親になるだろう。ジェイクは彼女が子供に囲まれて、幸せそうに微笑んでいるところを思い浮かべた。

だが……私は別だ。私は幸せになる資格がないからだ。

ジェイクの心の中に、憂鬱な気分が忍び寄ってくる。ライナスがネイサンにいいように操られて、苦しんでいた間、それに気づいてやれなかった。あのとき、自分は若くても家長だった。だが、ライナスが頼れないような未熟な家長でもあった。

もし、時間が戻せるのなら、ライナスを助けられるのに。

ネイサンにいくら復讐したところで、今更ライナスを救うことはできない。死んだ者は甦らないし、ジェイクの心が晴れることもない。永遠に。

使用人の紹介が終わった後、ジェイクはケイトリンを彼女の部屋に案内した。すでに、彼女の持ち物は運び入れられている。結婚式の前に、ジェイクも少し覗《のぞ》いてみたが、結婚のために新調したものばかりで、彼女がずっと使っていた持ち物というのは、本当に少なかった。ドレスも地味なもので、髪飾りも装飾品もほとんど持っていなかったのだ。

十年もの間、寄宿学校にいた娘であれば、仕方ないのだろうか。ジェイクには、やはりケイトリンの父親の気持ちが判らなかった。そこまで、ケイトリンを邪魔にしたのは、何故なのだろう。

「この広いお部屋がわたしのものなの……?」

ケイトリンは驚いたように部屋を見回した。二間続きで、寝室と居間に分かれている。他に、衣装部屋もあった。そこで着替えもできるし、化粧台も置いてある。居間には書き物机もあり、落ち着いて座れる椅子やソファ、テーブルも置いてあった。

「こちらが浴室になっている。私と共用だ。あちらの扉が私の寝室というわけだ」

「まあ……」

二人の寝室は、浴室で繋《つな》がっているのだ。

「もっとも……新婚のうちは、寝室は一緒でいいと思うが……」

「え、一緒って?」

ケイトリンが無邪気に尋ねてくる。ジェイクはわざとらしく咳払《せきばら》いをした。

「君も私のベッドを使うということだ」

彼女の頬《ほお》が真っ赤になる。ジェイクはそんな彼女を愛らしく思った。

「そ、そうなの?」

「ああ。それが、夫婦が上手くいくコツのようなものらしい。私達は突然結婚することになったが、だからといって、仲良くやれないわけじゃない。そうだろう？」

彼女は少し真剣な表情で頷《うなず》いた。

「伯爵夫人なんて判らないことばかりよ。最初は上手くやれないかもしれないけど、努力するわ。お義母《かあ》様みたいになれるように」

目標は継母なのか。だから、披露宴でも二人で話し込んでいたに違いない。ジェイクは飲み物を持って帰る途中で、昔の知り合いのアンバーに捕まってしまい、苛々《いらいら》していたときに、彼女達が仲良さげにしているところを見ていたのだ。

それにしても、ケイトリンは真面目だ。彼女はジェイクと結婚するしか選択肢はなかったに等しいのだが、この結婚に対して、正面から取り組む気持ちがあるようだ。そういったところにも、ジェイクは好感を抱いていた。

何よりも、彼女の花嫁姿は素晴らしく、教会で彼女がバージンロードを歩いてくるのを見て、感動で思わず胸が打ち震えてしまったくらいだ。

式の間中、美しく清楚《せいそ》な花嫁が、自分のものになるのかと思うと、嬉しくてたまらなかった。

この結婚は私のためのものではないというのに。

だが、どうせ結婚するなら相手は美しいほうがいいし、性格もいいほうが好ましい。ケイトリンがそんな娘だったのは、偶然に過ぎないのだ。

ジェイクは彼女の肩をそっと抱いた。

「焦《あせ》らずとも、君なら上手くやれるよ」

「本当にそう思う？」

「ああ、本当だ」

褒められると、彼女は嬉しそうな顔をする。けれど、次の瞬間には、自信がなさそうな顔をするのは何故なのだろう。褒め言葉が嬉しいのに、信じられないのだろうか。

綺麗だと囁いても、あまり本気にされない。ドレスのおかげだと思っているのだ。

「そういえば、新婚旅行から帰ったら、もっとドレスを新調するといい。舞踏会や晩餐会《ばんさんかい》、ガーデンパーティー……いろんな催しから招待状が来るだろうから、かなりの枚数がいるだろう。帽子だって、髪飾りだって、遠慮せずに買ってもいいんだ」

彼女に幸せになってもらいたい一心でそう言ったのだが、何故だか彼女は顔を曇らせた。

「わたし……そういう場で何ひとつ適切に振る舞えないに違いないわ。ドレスだって、何を選べばいいのか判らない……」

彼女が不安そうな顔をするのは無理もない。そういう経験をしてこなかったからだ。

「大丈夫だ。今日は継母やトリシアはいないが、それは今日だけのことだから。新婚旅行から帰ってきたときには、君の力になってくれるはずだ」

「そうね！　よかった！　わたしにも母がいれば……」

彼女は何か言いかけて、口を閉じた。急にぼんやりした表情になる。

どうしたのだろう。そういえば、披露宴の途中から、時々こんな表情になっていた。何かあったのだろうか。それとも、疲れたのか。

ジェイクは彼女に素早くキスをした。

「疲れただろう？　夕食の前に、ポリーを呼んで着替えるといい。風呂を使いたいなら、先にどうぞ」

「そうだわ！　お風呂があったわね！」

ケイトリンは急に笑顔になった。だが、その笑顔がわざとらしく思えてきて、彼女は無理しているのではないかと気になってしまう。

彼女の表情ひとつで、自分はどうしてこんなに動揺しているのだろうか。

いや、妻の機嫌がいいほうがいいというだけだ。大した意味はない。

断じて、恋などしていない。愛してもいない。

それでも、ジェイクは彼女の役に立ちたいと思っていた。そして、彼女が子供時代に得られなかった幸せを授けたいと。

そう。それだけのことだ。


夕食を終えた後、ケイトリンは屋敷の中を案内してもらった。

ブレアとトリシアは、今夜はブレアの友人のところに泊まるのだそうだ。新婚夫婦を二人きりにしてやろうという配慮らしかったが、ケイトリンは一緒にいてもらったほうがよかったと思った。

昼間、父から聞いたことが頭に残っていて、ふとした拍子にすぐ思い出してしまい、平静な気持ちではいられなくなる。ブレアやトリシアがいてくれれば、なんとか隠すことができたかもしれないが、二人きりでいるときにジェイクに気づかれないように振る舞うのは大変だった。早く一人になって、このことを考えたい。そう思いつつも、今日だけは一人になるわけにはいかないのだ。

今夜は新婚初夜で、結婚した夫婦には大切な夜だ。ケイトリンはその大切な儀式については経験済みなのだが、今夜、一人で寝るなどと言い出したら、ジェイクの機嫌を損ねるだろう。それが原因で、結婚生活がダメになる可能性があるとしたら、やはり何事もなかったように振る舞うしかない。

気持ちを押し隠すのだ。それはケイトリンにとって得意なことだったはずだ。

でも……。

ケイトリンは父の告白のせいで、自分を守る鎧《よろい》にひびが入ったような気がしていた。最初のショックが過ぎてから、時間が経てば経つほど、心の中に痛みや苦しみが広がっていく。

泣きたいわけではない。しかし、自分でも気づかぬうちに、勝手に涙が溢れそうになってきてしまう。そんな場面が何度もあった。そして、今までの愛されぬ苦しみはなんだったのだろうと思う。

「屋敷を管理する自信がないと、まだ思っているのかい？」

寝室に戻る廊下で、ジェイクは尋ねてきた。ケイトリンははっと我に返る。屋敷の管理のことなど、まるっきり考えていなかった。頭の中にあるのは、父の言葉だけだ。あれから、何度も何度も思い返している。

「そんなことないわ……。いえ、自信はないけど、努力すればきっと大丈夫だって……」

努力すれば、願いがすべて叶うなんて思っていない。ただ、ケイトリンはそうするしか、生きるすべがなかったのだ。いついかなるときも、コツコツと努力を重ねてきた。それが報われるときが今日来たのかもしれないが、ケイトリンの心にはわだかまりがたくさんあった。

「私はそんなふうに言える君のことが誇らしいよ」

彼はそう言って、寝室の扉を開いた。彼の寝室には花がたくさん飾られていた。初夜のためなのだと思うと、なんだか恥ずかしくなってくる。

「この花……」

「演出過剰かな。明日になったら、君の居間に飾らせるよ」

彼はケイトリンを抱き寄せた。彼の広い胸の中にいると、ケイトリンは安らげるような気がした。ひょっとしたら、今日の痛みを忘れられるかもしれない。

「さあ、言ってごらん。君の可愛い頭を悩ませているのは、一体なんなんだ？」

「な、何……？　なんのこと？」

「それを君が言うんだよ。披露宴の途中から、君は時折ぼんやりしていた。私に言えない何か心配事があるように思えた」

ケイトリンは無理して普通に振る舞っていたが、彼にはそれを観察されていたのだろう。

痛みがじんわりと胸の奥に広がる。急に瞼《まぶた》を刺すように、涙が溢れ出してきた。

「ケイトリン！」

ジェイクはケイトリンの背中を優しく擦ってくれた。

彼に触れられるのは好きだ。ドキドキしたり、気持ちよくなるから。けれども、今の彼の触れ方はそういう種類のものではない。身内を安心させるような慈しみや労わりの気持ちが込められているように感じた。

そうだわ。夫って、家族なんだわ！

唐突に気がついた。自分はもうホワイト家の人間ではなくなっていた。もちろん縁が切れたわけではないが、もう父の愛を必死で求める子供でいなくてもいいのだ。夫と親しい間柄になればいい。愛情がなくても、二人は仲良くなることができる。

そのためには、お互い、相手に正直でなければ……。

ケイトリンはジェイクに何もかも打ち明けたくなった。彼はきっと受け入れてくれるだろう。

たとえそうでなくても、胸の中にある苦しみを吐き出せば、少しは楽になれる。他の誰にも言うことはできないが、彼なら大丈夫だ。

そう。ジェイクなら信じられる。

ケイトリンは涙声で、なんとか話し始めた。

「今日……父に聞いてしまったの。父がわたしにずっと冷たかった理由が……やっと判ったのよ」

彼ははっとしたように、ケイトリンの顔を覗《のぞ》き込《こ》んできた。

「結婚式の日に、お父さんはそんなことを言って、君の心を乱したのか？」

彼は父がケイトリンに冷たく接していることに、やはり気づいていたのだろう。しかし、ケイトリンは彼の思いやりを感じて、嬉しかった。

「披露宴のときなの……。最後の見納めに自分の部屋に行ったら、父が来て……」

「こちらでゆっくり話そう。その話、残らず全部聞きたいから」

ジェイクは優しくケイトリンの肩を抱き、ソファに連れていき、並んで腰かけた。ケイトリンは彼を信じて、父と話した内容を彼に告げた。

父が嫉妬のために母を疑い、お腹《なか》の子供を呪ったこと。母が亡くなり、その疑いは子供に向けられ、遠ざけられたこと。

「……でも、わたしは父と自分が似ているところを知っていたの。必死で探したのよ。母に似ているわたしだけど、父にも似ているところがあるって。だけど、父はそれを探そうともしなかった。父は自分の嫉妬のせいで母を追いつめて、死なせてしまったのではないかと罪悪感を抱いていたから……」

ケイトリンは今までの日々を思い出して、胸を詰まらせた。

「お父さんはすべてを君のせいにした。お母さんは君を身ごもったから、非難され、亡くなったのだと。だから、君を愛さず、厳しい寄宿学校に十年も入れて、卒業したらすぐに結婚させようとした……。本当はネイサンでなくてもよかったんだ。誰でもいいから、君をよそにやりたかったんだな」

彼はすべて判ってくれている。ケイトリンは涙ながらに頷いた。

「父は……謝ってくれた。もし、この先何かあったら、頼ってきてほしいと言われたわ。おまえのためなら、なんでもすると言われたけど……わたしは一人で大丈夫だって突っぱねたの。だって、わたしは今まで一人だったわ。ずっと……」

「ああ。君がお父さんの謝罪を受け入れられなかった気持ちは判るよ。もう今更遅いという気持ちも……」

ジェイクはケイトリンの頭を優しく自分にもたれかけさせた。彼はとても温かい。ケイトリンはその温かさをもっと感じたくて、身体をすり寄せる。

「お父さんはきっとこれから……今まで君に責任を押しつけていて忘れようとしていた罪悪感

も、そして、君への仕打ちに対する罪悪感もすべて自分で背負うことになるだろう。つらいだろうね……」

「……そうね。きっと……つらいわね」

「だからといって、お父さんに同情はできない。ただ、つらいだろうし、私は……そういった人間の弱さも判る気がする」

彼もまた、過去に何か罪悪感を背負っているのだろうか。ふと、ケイトリンはそんなふうに思った。

寄宿学校を卒業するまで、ケイトリンの人間関係はとても狭かった。生徒は入れ替わったし、ケイトリンほど長い間、寄宿生であり続けた生徒もあまりいなかった。けれども、勉強内容が変わっても、生徒の顔ぶれは変わっても、毎日毎日同じことの繰り返しだった。外の世界のことは、何も知らないに等しかった。

しかし、今、ケイトリンは物事にはいろんな面があるのだと判った。同じ事柄に対する考え方も、人によって違う。ケイトリンには理不尽に踏みつけにされたという怒りと共に、悲しみがある。それから、父を哀れに思う気持ちもあった。嫉妬に振り回され、愛した女性を失い、その女性にそっくりな我が子を責め続けていた。今になってみれば、理由もないのに。

父は自分がすべての元凶であって、加害者だということが、今になって判った。どこにも逃げ場はない。他の誰に知られなくても、自分の罪悪感から逃げることはできない。そして、ジェイクはその二人の気持ちを完全に理解しているようだった。

彼はどういうふうに育ってきたの……?

そういえば、彼の継母が、ライナスのことでジェイクが罪の意識を持っていると言っていた。ライナスは寄宿学校で何かあったらしい。そのことで、ジェイクはどういった罪悪感を持っているのだろう。

ケイトリンは彼にそのことを訊きたかった。彼が何かに罪悪感を持っていて、それを背負って生きているなら、それを一緒に背負う手助けがしたかった。

何故なら……。

わたしは彼を愛しているから。

ケイトリンは今になって気づいた。彼を愛し、信じていることを。

彼はケイトリンのすべてを受け入れてくれている。そうでなければ、こんなふうに共感してくれることはない。ケイトリンにしても、他の誰にもこんなことは打ち明けられない。

彼だけ……彼だけしかいない。

まだ、彼のことはよく知らない。彼もケイトリンのことをよく知っているとは言えない。それでも、彼はケイトリンをネイサンとの結婚から救ってくれ、代わりに結婚してくれた。父の叱責《しっせき》からも守ってくれたし、今もこうしてケイトリンの心情を理解してくれ、慰めてくれる。

だからといって、彼に愛されていると思い込むほど愚かではない。しかし、ケイトリンは彼の優しさに感動し、彼にすべてを曝《さら》け出すほど信じてしまっている。そして、彼にもし苦しみがあるのなら、肩代わりしたいとまで思っている。

胸の奥から溢れてくるこの想《おも》いが愛情と呼ぶものなのだ。

ケイトリンは初めて知った。

だから、彼と他の女性が親しげに話しているところを見ただけで、嫉妬してしまった。彼のことを独占したくなってくる。自分だけにその優しい笑顔を向けてほしいと思ってしまう。

わたしは誰も愛したくなんかなかったのに……！

愛は苦しみだ。父をあそこまで愚かにしたのも、愛だった。

わたしは彼を愛したくない。でも、もう手遅れだったんだわ。

いつから彼を愛するようになっていたのだろう。ネイサンのことで、彼に慰められ、彼と一緒にあの庭を脱け出したときから、きっと……。

あのときの選択は、彼を信じていたからだ。会ったばかりの人だったのに、どうして信じられたのかといえば、ケイトリンの心の奥底にすでに愛が芽生えていたからだ。

ジェイクはケイトリンの額にキスをした。優しい慰めのキスだ。

「私は君の強さを尊敬しているよ」

「……尊敬？　わたしを？」

「私の父は昔からの貴族のやり方で、領地からの収益を好きなように使った。父が死んだとき、残されていたのは膨大な借金で……。持ち直すのに、ひどく苦労した。しかし、父は私に愛情を惜しむようなことはしなかった。二度目の母も我が子のように愛してくれた。それがなければ、私は……今のように強い自分にはなれなかった。ネイサンのように持参金を目当てに、資産家の娘と結婚するような貴族になっていただろう」

ケイトリンは彼が自分の生い立ちについて、少し話してくれたことが嬉しかった。自分が彼を信じるように、彼にも信じてもらいたい。愛がなくても、信じる気持ちがあれば、それでもいい。もし、自分が得られるのがそれだけならば、我慢することはできる。

「あなたは……ネイサンとは違うわ。そういう結婚をしても、相手を故意に苦しめたりしないと思うの」

彼はふっと笑った。

「そうかな。そんなふうに信じてもらえると嬉しいが、実際どうなっていたのか判らない。愛情というものは……それだけ強いものだ。親は誰でも子供を愛する。だが、君は……父親から拒絶され、寄宿学校で育った。君は強いと思う。だから……」

だから……？

彼はその先を口にしなかった。その代わりに、ケイトリンの唇にキスをしてきた。

最初はそっと唇に触れてきただけだったが、一度離した後、今度は深いキスに変わった。舌が触れ合い、ケイトリンの胸は高鳴る。

結婚式でのキスは、もちろん唇を重ねただけのものだった。舌が触れ合うキスは、ケイトリンが泊まったあの朝以来で……。

ずっとこのキスを待っていた。自分では気づかなかったが、ずっと彼とこんなキスをもう一度交わしてみたくてたまらなかったのだ。

彼も……同じなの？

一度キスしてからは、二人とも互いを抱き締め合った。

ケイトリンは、彼がまるで命綱であるような気がしていた。今、彼と抱き合わなければ死んでしまう。そう思うくらい、ケイトリンは切実に彼を求めていた。きっと、愛が自分をそうさせるのだろう。

息が止まるような激しい口づけを受け、ケイトリンは朦朧《もうろう》となってきた。一晩中だって、彼とキスしていられる。そう思えるくらい、もう彼と離れて生きていけそうになかった。

キスの合間に、ジェイクは囁いた。

「君のドレス……脱がせていいかな」

なんだかドキッとする。もう裸になったところは見られている。一緒にお風呂にまで入ったくらいだ。だから、裸になることを今更恥ずかしがるのは、おかしいのかもしれない。

それでも、ケイトリンは頬を染めながら、そっと頷いた。すると、彼はドレスの背中にあるホックをひとつずつ外していく。露《あら》わになった背中を、彼の手がスッと撫でた。

「あ……」

思わず背中を反《そ》らすと、彼がクスッと笑った。

「やはり敏感なんだな。でも、君が感じてくれると、私も嬉しい」

「う、嬉しいの……？」

「そうだよ。何も反応がなかったら、がっかりする。だから、君は好きなだけ感じてくれていいんだ」

「声も……出していいの？」

「もちろん。……叫ばれたら困るけど」

そう言いながら、彼は笑った。

「叫んだりしないわ……」

「そうかな。私の本音は、君が叫びたくなるくらい感じさせてあげたいと思っているよ」

背中のホックがすべて外れると、肩も露わになり、彼はそこに口づけた。

「あ……」

「ここも感じるんだね」

彼がドレスの袖を引っ張ると、胸の上部まで肌が出てくる。彼は胸のふくらみにもキスをしてきた。それどころか、ゆっくりと舌を這《は》わせていく。

「やっ……ぁ……」

本当に感じるところにはまだ触れられていない。なのに、すでにケイトリンは身体を震わせた。全身が熱くなり、特に身体の芯が溶けていきそうになっている。

コルセットを外されると、シュミーズの下から自分の胸の蕾《つぼみ》がはっきりと浮き出ていた。彼に触れられたいというふうに、硬くなり、突き出ている。彼はその薄い布の上からそこにキスをしてきた。

布越しであっても、ケイトリンは感じていた。彼の唇に包まれ、舌で転がされる。けれども、なんだかもどかしかった。シュミーズ越しではなく、直接キスされたかったからだ。彼の舌や、唇の動きを直《じか》に感じたくてたまらない。

「立って……」

脚がガクガクしていたが、彼に手を引かれて立たされる。そして、ドレスやペチコートを引き下ろされる。身を守るものは今やほとんどない。下着だけだ。彼はそんなケイトリンを抱き上げて、ベッドに連れていった。

ベッドの上で残りの衣類もすべて取り去られてしまった。しかし、彼はまだ夕食のときの服装のままだ。上着さえ脱いでいない。ケイトリンは自分だけ無防備な姿でいることに動揺して、身体を起こした。両脚を自分のほうに引き寄せ、胸を手で隠す。隠す意味があるかどうか判らないが、とにかく自分だけが裸でいるのは恥ずかしかった。

この間のときは、彼も裸だったし……。

ジェイクは恥ずかしがっているケイトリンを見て、微笑んでいる。

「意地悪……」

「そうかな。全然、意地悪のつもりはないが」

「わ、わたしだけ裸だわ……。あなたはどうしてそんなに着ているの?」

彼はゆっくりと上着を脱ぎ、クラヴァットを取り去った。カフスボタンを外し、シャツのボタンもいくつか外したとき、ケイトリンは裸の彼を想像して、身じろぎをした。すると、彼はニヤリと笑って、脱ぐのをやめて、ベッドのケイトリンに近づいてくる。

「あ……まだ脱いでないわ……」

「君が待ちきれなさそうだったからね」

彼はケイトリンを腕に抱き、胸のふくらみを両手で覆った。彼の手の体温がそのまま胸に伝わってくる。そんなふうに触れられていると、ケイトリンの身体は彼のものだと主張されているような気がした。

ケイトリンはそのままシーツの上に押しつけられた。

「あ……ん……」

彼の服の生地が肌に触れる。何故だか、ケイトリンの鼓動は高鳴った。温かい肌が触れる感覚が好きなのだが、こうしていると、何か普通でないことをしているような気がしてくる。それが、何故だかケイトリンの感覚を鋭敏にしていた。

彼が動くと、布地が肌を擦っていって、ケイトリンは淫らな気持ちになってきてしまう。

わたし……何か変。

身体が熱いからかもしれない。熱くてたまらないから、なんでも敏感に感じてしまうのよ。

彼は胸を愛撫《あいぶ》しながら、唇を奪った。彼の舌が深いところまで侵入してくる。同時に、乳首を優しく摘まれたり、掌《てのひら》で擦られたりして、ケイトリンの身体は震えた。

彼に抱かれるのは二度目だ。初めてのときは、何がなんだか判らなかった。けれども、今は自分がどんなときにどんなふうに感じるのか、よく判っている。それでも、彼の愛撫はケイトリンの予想を超えていた。

だって、こんなに感じてしまう……。

ケイトリンは腰を揺らした。胸への愛撫が身体の奥まで伝わっている。触られてもいない秘部がすでに潤んでいるのを、自分でも感じていた。

「あ……ぁ……ん……」

甘い吐息と共に、淫らな声がしている。ケイトリンは恥ずかしかったが、自分の反応は隠せない。

彼もケイトリンが感じていることが判っているのだろう。胸から下のほうへと、大胆に掌を滑らせていく。彼の手が両脚の間に入り込み、秘部をまさぐった。彼がそっと秘裂に指を這わせると、濡《ぬ》れている音がする。

え込もうとする。

「やっ…ぁ……」

恥ずかしい……！

ケイトリンは頬を染め、彼を見た。彼はケイトリンの目を見て、静かに微笑む。

彼はわたしが感じているのが嬉しいと言っていたから……。

恥ずかしいけれども、彼はこれで満足しているのだ。そう思うことで、なんとか羞恥心を抑え込もうとする。

指をほんの少し中に挿入されて、ケイトリンは身体をぐっと反らした。

「これだけで……感じる？」

「だって……あぁっ……」

彼が指を動かした。ケイトリンが反応すると、今度は奥まで挿入された。そして、ギリギリまで抜かれる。内壁が彼の指と擦れていくようで、ケイトリンは腰を震わせた。

「なんて敏感なんだろう」

「ぅ……あんっ…ぁぁ……っ」

ケイトリンは腰を揺らした。気持ちがよくて、そうせずにはいられなかった。たとえ恥ずかしくても。

ああ、もっとして……。

次第に欲求が高まっていく。ケイトリンは身体をくねらせながら、彼の愛撫を貪欲に求めていた。

彼はしばらくそんなふうにケイトリンをいたぶっていたが、やがて指を完全に引き抜いてしまった。そして、その蜜に塗れた指をケイトリンの目の前で舐《な》めていく。

「や……やめて……」

胸がドキドキしている。彼がわざとそうやって辱めているのは判るし、実際、とても恥ずかしいのだが、何故だか目が逸《そ》らせない。

「指じゃなくて、別のところも舐めてほしい？」

ケイトリンははっとする。初めてのとき、彼は秘部に舌を這わせた。あのときの気が遠くなるような快感を思い出し、それをもう一度味わいたくなってくる。

「あ……あの……」

「舐めてほしいなら、そう言うんだ」

「な、なんて……？」

「お願い、舐めてください……と」

彼はなんて意地悪なのだろう。こちらが恥ずかしがっているのが判っているくせに、わざとそんなことを言わせようとしているのだ。

でも……彼はずっと意地悪なわけではない。本当はとても優しいことを知っている。

これは、ベッドの中だけの秘め事で……。

わたしだけが知っている彼なんだわ。

そして、彼だけが知るわたし。

敏感で、すぐに感じて、淫らなことにすぐ反応するわたしのことは、彼だけしか知らない。

でも、そんなわたしも、わたしの一部なんだわ。

ケイトリンはおずおずと口を開いた。

彼にすべてを捧《ささ》げるために。

「お……おねが……い……。舐めて……ください」

真っ赤になりながら、やっとのことで言い終えると、彼は満足そうな顔をした。

「もちろんだ。君の望みはすべてかなえてあげるよ」

彼はケイトリンの両脚を開き、その狭間《はざま》に顔を埋めていく。

「ぁ…ぁん……あぁっ……！」

舌が柔らかく敏感な襞《ひだ》をなぞっていく。そうして、一番感じる部分を舐め上げた。ビクンと身体が揺れる。何度も何度も、ケイトリンは彼の愛撫によって、身体を震わせた。

「やだ……いやぁ……っ」

本当は嫌なわけではない。ただ、これほど乱れている自分が嫌なだけだ。

わたしでないわたしになっていく……。

けれども、だんだん、それがどうでもよくなってくる。すべてを彼に晒《さら》してもいいような気

になってきてしまう。

彼はわたしにとって大切な人で……。

そして、すべてを受け止めてくれる人なんだわ。

ケイトリンはギュッと目を閉じた。

痺《しび》れるような快感が断続的に襲ってくる。

何度も。何度も。

「はぁ…ぁ…ん……ああっ……」

感じるし、そんな自分を止めることができなった。ただ、彼に煽《あお》られるままに、徐々に高まっていく。

ああ、何もかももう……。

「もう……ダメ…ぇぇっ……」

止められない。

ケイトリンはぐっと背中を反らした。強烈な快感に身体を委《ゆだ》ねる。

一瞬、意識が飛んだような気がしたが、そうではなかった。ケイトリンが熱に浮かされたように、はあはあと大きく呼吸をしている。その間、彼は身に着けていた服を脱ぎ捨てていた。

彼の裸は見たことがある。

それでも、ケイトリンはうっとりと彼の裸に見蕩《みと》れた。均整が取れていて、とても美しい。

それだけでなく、たくましくて、淫らに見えた。

もちろん、股間のものは硬く勃ち上がっていて……。

秘裂が彼のもので撫でられる。ケイトリンは本能的に腰を動かした。

早く抱き合いたい。ひとつになりたい。

ケイトリンの頭はそんな想いでいっぱいだった。

彼は覆《おお》いかぶさり、ゆっくりと身体を重ねてきた。

痛みを予感したが、今度は痛くなかった。するりと奥まで入ってきて、彼はまるでケイトリンの一部であるかのようだった。

今、ケイトリンと彼の身体は完全に重なっていた。

初めてではないが、これは初夜の儀式なのだ。

ケイトリンの胸に喜びが湧き上がってくる。

これで、わたしはジェイクの完全な花嫁になれたんだわ……。

そうして、ジェイクはわたしの夫になった。すべてを分かち合える存在になったんだわ。

彼の表情も、同じようなことを考えているように思えた。今、同じ感動を味わっているのだと。

「ああ……ケイトリン！」

唇を貪られる。ケイトリンは夢中でキスを返した。身体の中の衝動に突き動かされて、恥ずかしげもなく、彼の舌に自分から舌を絡めてしまっている。もう、すべて、彼の言いなりだった。

しかし、それが嫌ではない。彼のなすがままになるのは、喜びでもあった。

ああ……彼を愛してる。

愛しているからこそ、彼の言いなりになっても構わない。

彼は何度も奥まで突き入れてくる。その度に、身体の奥から甘い疼《うず》きが込み上げてくる。ケイトリンは身体をガクガク震わせた。昇りつめたばかりだが、新たな快感にもう身を委ねてしまっているのだ。

でも……いいのよね？　これで……。

彼はわたしを感じさせているんだから。

ケイトリンは彼の首に腕を絡ませた。

すると、彼はケイトリンの背中に腕を回し、繋がったまま抱き上げた。

「やぁっ……何……？」

ケイトリンは彼の膝の上に座らせられていた。もちろん、まだ彼のものは挿入されたままだ。

「わ…たし……あぁっ……」

彼が下から突き上げてくる。ケイトリンは身体を揺らしながらも、彼に懸命にしがみつこうとした。

「君も動いて」

「えっ……そんなことできない……」

「いや、できるよ。ほら……」

ケイトリンはぎこちなく腰を動かした。けれども、また下から突き上げられ、どうしていいか判らなくなってくる。

気持ちよくて、たまらない。この快感にはまるで終わりがないようにも思えた。ある意味、それはとても苦しくて……。

快感が全身に回っていく。ケイトリンはもう何がなんだか判らない。ただ、彼の首にしがみつき、その快感を身体全体で受け止めるだけだった。

やがて、彼はケイトリンを強く抱き締めた。激しく突き上げると、そのまま固まる。ケイトリンはその衝撃で、再び昇りつめてしまった。二人は乱れた息を整えながら、じっと抱き合っていた。

彼はそっと囁《ささや》く。

「今、君の中に種を蒔《ま》いたよ」

「種……?」

「赤ん坊になる種だ。この間のときは、結婚前だったから、実を結ばずにほっとしたが、今度は違う」

ケイトリンは自分の内部に種が蒔かれ、育つ様子を頭に思い描いた。それは花ではなく、赤ん坊なのだ。

「赤ちゃんが……できるの？」

「いや、すぐではないかもしれない。だが、いつかは……」

彼の声が掠《かす》れた。

いつかは、二人の赤ちゃんができるのね！

ケイトリンはそれを望んでいた。彼を愛しているから、彼の子供を産みたい。いや、彼と自分の二人の子供だ。

仲良しの夫婦に、何人もの子供達が笑い合う光景が頭に浮かぶ。

きっとそのとき、ケイトリンは幸せを感じるだろう。ケイトリンは彼も幸せになってほしかった。

そんな日が早く来ますように。

そして、苦しみなど訪れませんようにと、強く祈った。

第四章　忍び寄る影

二人は新婚旅行に出かけた。

ジェイクはまずケイトリンを自分の領地に連れていった。それから湖水地方を回り、それから南に下り、ブライトンにある海辺の静かなコテージに向かった。

海水浴にはまだ早いが、だからこそ、人があまりいない砂浜を二人で散歩するのは楽しいだろう。ジェイクは新婚旅行の締めくくりを、そんなふうにのんびりと過ごしたかった。彼女と二人だけの時間をもっと楽しみたい。

コテージにはいつもここを管理している老夫婦がいて、誰かが滞在するときだけ、世話をしてくれことになっている。といっても、旅行には側仕えと小間使いはついてきているので、老夫婦には料理や掃除といったことだけをしてもらえればいい。

結婚前、二人はお互いのことをよく知らなかった。身体の相性についてはすでに判《わか》っていたが、彼女に関して他に知っていたのは、父親に対して何かわだかまりがあり、その父親は彼女に冷淡だったことだけだった。

しかし、結婚式の夜に、彼女は父親とのことを話してくれた。

彼女は、生まれたときから愛されずに育った娘だった。八歳まで乳母が面倒を見てくれたという。そして、それ以後は厳しい寄宿学校に放り込まれた。そんな教育方法で、よくもこれだけまっすぐに育ったものだと思う。

ジェイクは彼女の芯の強さに驚嘆した。父親から真実を聞いた後も、彼女は普通に振る舞おうとしていた。披露宴の間、ほんの少しボンヤリしているところがあると感じたものの、ジェイクはそれほど違和感を覚えなかったくらいだ。

それでも、彼女に理由を尋ねると、正直に話してくれた。彼女の苦しみが痛いほど判って、ジェイクはたまらなかった。自分の慰めなど、彼女にはなんの助けにもならないかもしれない。そう思いながらも、必死で彼女の心の支えになれるように、言葉をかけた。

すると、彼女は思いがけなくジェイクを頼ってきた。

あのときほど、嬉《うれ》しかったことはない。

そして、あのときから、彼女を幸せにしようという気持ちが、自分の中でどんどんふくらんできている。

いや、前から彼女を幸せにしたい気持ちはあった。ネイサンへの復讐《ふくしゅう》のために、彼女を利用した自責の念があったからだ。だが、彼女を知れば知るほど、そんな罪悪感とは無関係に、幸せにしたいと思う。

彼女はあまりにも大きな傷を心に負っている。それなのに、けなげに、そのことを押し隠そうとしている。それを知って、ジェイクの胸にいじらしいという気持ちが大きくなっていた。それだけではない。新婚旅行に出発してから、二人の距離は次第に近づいてきた。始終、一緒にいるから当たり前のことだ。

しかし、普通の令嬢なら、きっと甘やかされた部分が目立ってきて、すぐに嫌になっていただろう。彼女には女らしい思いやりや気遣いがある。疲れていても、使用人に当り散らしたりしない。優しい笑顔で、いつも穏やかに微笑んでいる。

だからこそ、気づかずにはいられなかった。

自分はケイトリンを愛している、と。

愛していないつもりだったし、愛さないつもりだった。妻を愛してどうなるだろう。愛してしまえば、相手の愛が欲しくなる。しかし、自分は誰かに愛される資格などない。

ケイトリンへの愛情に気づいたときには、つらかった。彼女と距離を置きたいが、そんなことはできない。彼女を幸せにしたいからだ。彼女に優しくして、できるだけ居心地をよくしてやろう。しかし、自分の愛情には気づかせてはならない。なるべくその部分には蓋をして、彼女にも愛されないようにしなくてはならない。

果たして、そんなことが可能なのだろうか……。

判らない。だが、彼女を愛することは、計画には入っていなかった。もちろん、愛されることも。ただ、目的は彼女を幸せにすることのみだった。

それには、優しさや思いやりがあればいいと思っていた。そうして、彼女に贅沢《ぜいたく》させてやればいいのだと。

しかし、ジェイクは計画どおりにはいかないことを、旅行を始めてすぐに気がついてしまった。彼女は贅沢など望んでいない。金だけでなく、装飾品やドレスにも、大して興味はないのだ。

彼女はジェイクが摘んだ野の花を髪にさしてやるだけで喜ぶ。そんな可憐《かれん》な女性を、どうやって愛を気取らせずに幸せにすることができるのだろうか。

この海辺のコテージに一週間ほど滞在すれば、もうロンドンに帰ることになる。いつまでもケイトリンと一緒の時間を楽しんでいたいが、そうもいかない。

そろそろ現実に戻らなくては。

ひょっとしたら、自分も彼女と幸せになれるかもしれないなんて、甘い夢を見ているわけにはいかないのだ。

だけど、あと少しだけ……。

ほんの少しだけ、彼女と夢を見ていたい。

ジェイクはそんな自分の弱さを軽蔑していた。

コテージに着いた翌朝、ジェイクはケイトリンを誘い、砂浜を散歩に出かけた。

昨夜この場所へ着いたときには、もう日が暮れていて、波の音しか聞こえなかった。しかし、今日は天気もよく、海も空も青い。

ケイトリンは振り向いて、うっとりするような美しい微笑みを見せた。

美しいだけではない。優しい天使の微笑みのようで、ジェイクはすぐに魅了されてしまう。彼女から目が離せない。海なんてどうでもいいと思うくらいだ。

「わたし、海を見たのは初めてなの」

彼女は湖を見たときも、同じようなことを言った。ジェイクは微笑みを返し、ケイトリンの手を握った。

「もっと暑くなったら、この辺り一帯、海水浴の客で溢れるんだ」

「でも、わたし、泳げないわ」

「泳がなくてもいいんだ。貴婦人はただ海の浅いところで上品に浸《つ》かるだけだから」

「浸かって、楽しいものなの？」

「さあね。私は貴婦人ではないからね」

ジェイクの冗談に、ケイトリンは明るい声で笑った。とても眩《まぶ》しい笑顔で、ジェイクは目を細める。

なんて綺麗なんだろう。ジェイクの心に、彼女への愛情が溢れてくる。それは、苦しいほどに激しい感情でもあった。

いつから、私は彼女を愛していたんだろう。

彼女と初めて目を合わせたときだろうか。彼女は目が覚めるように美しかった。それとも、その瞳に悲しげな光が見えたときか。

元々、ネイサンと彼女の婚約発表を邪魔するために舞踏会に出かけたのだが、それを忘れてしまうくらい、心が揺さぶられたのだ。

ケイトリンはジェイクの瞳を覗き込んできた。

「あなたは泳げるの？」

「ああ、もちろん」

「もちろん？　泳ぎを習ったの？」

「領地には池があるんだ。父にそこで泳ぎを習った」

父という単語に、ケイトリンはわずかに瞳を曇らせた。そして、その翳《かげ》りをごまかすように、にっこりと笑った。

「あなたはどんな子供だったの？」

「言うことを聞かない子供だったかな。父が再婚したときが、一番手に負えなかったと思う」

「ブレアが来たとき、最初は嫌だったの？」

「ああ、嫌だった。継母《ままはは》なんか絶対好きにならないと決めていたよ。でも……継母は本当の母親でもないのに、私を躾《しつ》け直してくれた。悪いことをしたら、本気で叱り、いいことをしたら、本気で褒めてくれた。彼女はすごい人なんだ。今も尊敬している」

ケイトリンは同感だというふうに頷《うなず》いた。

「わたしもブレアが本当の母親みたいに思えたわ。ほんの少ししか話してないのに、トリシアが羨ましいと思ってしまったの」

「ああ、判るよ。トリシアが生まれたとき、私もライナスも嫉妬して……」

ジェイクは思わずライナスの名前を出してしまい、言葉に詰まった。彼女は少し躊躇《ためら》ったが、そっと囁《ささや》いた。

「ライナスはブレアのお子さんだったと聞いたわ。もう……亡くなったと……」

「聞いていたのか……」

「ええ」

彼女はブレアから聞いたのだろうか。そして、どこまで知っているのだろう。ジェイクが彼を救えなかったことまで、聞いてしまったのか。

いや、ブレアはそこまで言わないだろう。実際、あれはジェイクのせいではないのだと、何度も言ってくれた。

だが……。

ジェイクはケイトリンの手を離し、顔を背《そむ》けた。こんな態度はよくない。ケイトリンが傷つくかもしれない。そう思いながらも、ジェイクは彼女の顔をまともに見られなかった。

罪悪感が心を蝕《むしば》む。

幸せだった時間があっという間に失われる。

いや、彼女と手を繋いで散歩しているだけなのに、どうして幸せな気分になって、浮かれていたのだろう。自分にそんな資格があるのだろうか。だが、彼女といると、いつの間にかライナスのことを忘れてしまうのだ。

ああ、ライナス……。

血が繋がらない弟で、ジェイクは継母と一緒にやってきたライナスを、最初は毛嫌いし、邪険にしていた。だが、彼はいつもジェイクの後をついてきた。二人で遊ぶようになってからは、ライナスはジェイクを憧れの目で見て、真似《まね》ばかりしていた。

そのうち、ジェイクは寄宿学校に入った。あの頃は遅れて入ってきたライナスの面倒を時々見てやれるほど、余裕があった。やがて、ジェイクは卒業し、大学に入った。ライナスももう自分のことは自分でやれるだろう。そう思い、彼のことなど、まるっきり、目に入らなくなった。大学生活が楽しかったからだ。

だが、その楽しみも終わりが来た。大学卒業後に父が亡くなり、すべてのことが自分の肩にかかってきたからだ。ジェイクは金を稼ぎ、借金を返すことに必死になった。

必死になりすぎて……ライナスがどんなに苦しんでいたかに気づかなかった。ライナスは何度も訪ねてきたのに、そのとき元気がなかったのに、事情を訊《き》かずに済ませてしまった。

あのとき、もし自分に余裕があれば、彼を救えたはずだ。

ケイトリンの父親の気持ちは判る。人は間違ったことをするときがある。だが、それが後では取り返しのつかない場合もあるのだ。そうなったとき、人は苦しみを背負って、生きていかなくてはならない。どんなに償《つぐな》おうとしても、償いきれない。罪悪感は一生続いていくに違いなかった。

「ジェイク……」

穏やかな声が、ジェイクの耳を風と共にくすぐった。

ケイトリンの手がジェイクの腕にそっと触れる。ジェイクの身体は強張《こわば》った。

「あなたが言いたくないことなら、訊いたりしないわ……。わたしは事情を何も知らないけど、あなたがとても傷ついているのは判るの。だから……あなたがわたしにしてくれたように、慰めさせて」

ケイトリンはか細い腕で、ジェイクの身体を抱き締めた。

彼女の柔らかい身体が押しつけられ、ジェイクはそれだけで癒《いや》されていくのが判った。

本当は……癒されてはいけないのだ。罪は一生背負っていくべきものだから。彼女にこんな優しくされる資格はない。幸せになんて、なってはいけないのだ。

だが、彼女を振り払うことはできない。彼女の気持ちを傷つけたくないという気持ちもある。

しかし、それ以上に、ジェイクはこの居心地のいい場所から動きたくなかった。

束《つか》の間《ま》の幸せでいい。今だけ……今だけ、幸せな気分でいたい。

許されないことだと知りながら、ジェイクは震える手で彼女の背中に手を回した。

ケイトリンを愛したい。彼女に愛されたい。

強い欲求が突き上げてきて、眩暈《めまい》がする。

溺れる者がどんなものでもすがるように、彼女に唇を重ねる。

ケイトリンを愛している。

ジェイクは痺れる頭で考えた。

これは今だけのことだ。旅行が終わり、ロンドンに戻ったら、元の自分に戻る。復讐のためにネイサンを執拗《しつよう》に追いつめる非道な男に戻る。

でも、今だけは……。

ケイトリンを愛するただの男でいたかった。


新婚旅行は終わり、ケイトリンはジェイクと共に、ロンドンに戻った。

旅行中、ケイトリンはとても幸せな気分で過ごした。彼はケイトリンを愛していないかもしれないが、とても優しかったし、そんな彼と一緒にいることに、ケイトリンは満足していた。

愛は苦しいものだが、今のケイトリンはそんな苦しみなど感じなかった。

逆に、とても素晴らしい贈り物のように思う。彼を見るだけで、胸の奥から喜びが湧き出てきて、自然と口元がほころんでくる。とにかく、彼のことが愛しくて仕方がなかった。

愛されなくてもいい。ただ、彼のことを愛するだけでいい。

いつしか、ケイトリンはそんなふうに思うようになっていた。

海辺の別荘で、ジェイクはほんの少し素顔を見せた。子供の頃の話をしていたとき、ライナスの名前が彼の口から飛び出してきた。彼は動揺し、そんな彼を見て、ケイトリンも動揺した。けれども、どうしても彼を慰めたくて、ケイトリンは彼を抱き締めた。

本当は、彼がライナスについて話してくれることを望んでいたのだが……。

あのときのジェイクに、そんなことは望めなかった。だから、抱き締めることで、自分は彼の味方だと伝えたつもりだった。

彼は抱き返して、キスをしてくれた。その後、彼はケイトリンの目を見て、ありがとうと言った。

あれから、彼は二度とライナスの名前を口に出さなかった。子供の頃の話もなるべく避けていたように思う。だが、言葉の端々から、彼は継母を愛し、妹のトリシアを愛していることが判った。家族にあれほどの愛を注ぐ彼に愛されたら、どれほど幸せだろう。

けれども、ケイトリンはもう彼に愛を求めたりしないつもりだった。愛されたいという気持ちが湧き出てくる度に、押さえつけるようにしている。求めれば、たちまち苦しくなることは判っている。愛するだけで満足しなくては、自分を不幸に追いやる結果になってしまう。

新婚旅行は、まるで夢のように幸せだった。だからこそ、ロンドンに帰った今、夢は終わり、現実に戻ってきたのだと思った。

これからは、二人きりではない。伯爵邸にはブレアとトリシアがいる。だが、ケイトリンはそれが嫌ではない。それどころか、頼りにできる二人が傍にいてくれることが嬉しかった。

彼女達がいてくれれば、ジェイクの愛を求めるような真似をせずに済む。ジェイクもまた、彼女達がいることを喜んでいるようだった。旅行中、ケイトリンと二人きりでいた時間が長すぎたから、もう飽きてきたのかもしれなかった。

そう考えるのは、つらいことだけど。

でも、仕方がないわ……。

愛される夢など捨てなくては。

ロンドンに戻った翌日の夜、ジェイクは仕事に出かけた。新婚旅行の間、仕事から離れていたから、用事が溜まっているのだと彼は言ったが、その言葉どおり、帰りの時間は遅かった。

ケイトリンは寝支度を済ませたものの、自分の部屋で、彼の帰りを寝ずに待っていた。少しでも長く、彼と接していたいからだ。彼の顔を見て、言葉を交わしたいと思っていた。そうして、仕事に疲れた彼を癒してあげたいと。

馬車が停まる音が聞こえて、ケイトリンは急いで読みかけの本を放り出し、ナイトドレスの上にローブを身に着け、部屋を飛び出した。

「お帰りなさい！」

階段を上ってくる彼に、上から声をかけた。

だが、彼は微笑んでもくれず、眉をひそめていた。

「どうして寝ていないんだ？」

「だって……あなたの帰りを待っていたから」

「いや、待たなくていいんだ。ちゃんと言っておけばよかったな。私が、帰りが遅くなると言ったときは、眠たくなったら寝ていいんだ」

彼はそう言うが、ケイトリンは納得できなかった。自分は彼の妻だ。妻なら、夫の帰りくらい待つものではないだろうか。

「でも……あなたの顔が見たかったんだもの」

甘えるように言ってみた。新婚旅行の間、そんなふうに言えば、彼は優しくしてくれた。しかし、今の彼は表情を変えない。

「顔なんて、明日の朝、見られるだろう。私は君がゆっくり眠ってくれるほうが嬉しい」

「そ……そうなの……？」

彼はケイトリンを気遣ってくれているのかもしれない。けれども、ケイトリンはそんな気遣いより、彼との時間を大切にしたかった。

気を取り直して、彼に微笑みかける。

「お仕事が溜まっていたのよね？　大変だった？」

彼はそっとケイトリンの頬《ほお》に触れて、それから唇を撫でた。ドキッとしたものの、今の彼の顔は、新婚旅行中の優しい表情とは違っていた。

「悪いが……ケイトリン。私はもう眠りたいんだ」

「そ、そうよね。ごめんなさい。疲れているのよね」

ケイトリンは自分が彼の邪魔をしていることに、やっと気がついた。彼は頷くと、自分の寝室へと向かう。ケイトリンがその後をついて歩いていくと、彼は振り向いた。

「今夜は疲れたから、一人で眠りたい」

ケイトリンは驚いた。結婚してから今まで、ずっと同じベッドで眠っていたから、当然、今夜もそうだと思っていた。

けれども、確かに彼の言うとおりだ。彼はこんな遅い時間まで仕事をしていて、とても疲れているのだから。

「判ったわ……。じゃあ、おやすみなさい」

「ああ、おやすみ、ケイトリン。いい夢を見るんだよ」

彼の言い方はとても優しかった。だから、ケイトリンを邪魔に思っているというより、本当に疲れているに違いない。

でも……。

彼が自分の寝室の扉の中に消えたとき、ケイトリンは淋《さび》しい気持ちから逃《のが》れられなかった。

ケイトリンは自分の寝室に入った。この部屋を使うのは初めてだ。しかし、ひょっとしたら、これからずっと自分はここで寝ることになるのかもしれない。

そんな……。

ずっとじゃないわよね？　今夜はたまたまなのよね？

そう思いながらも、ケイトリンの心に不安が芽生えた。

いつまでも新婚旅行の気分を引きずっていてはいけないことは判っている。もう蜜月は終わったのだ。これからは、普段の生活が始まる。ただ、ケイトリン自身、けじめをつけるべきだと判っていても、せめて夜は彼と一緒にいたかった。

でも……これ以上のことを求めてはいけないのよ。

わたしは愛されていないんだから。

自分のベッドで横になる。一人で寝られて解放感があるはずなのに、そうではない。心に空虚な気持ちがあった。

彼の愛を求めてはいけない。求めれば、つらくなるだけ。

それが判っていても、ケイトリンは彼を愛する気持ちが止められなかった。そして、彼に愛されたいという欲求も。

父に愛を求めていた気持ちより、今のほうが何倍も強い。それは、ジェイクを愛する気持ちが、父を愛する気持ちよりずっと強いからだ。

だけど、ジェイクはお父様とは違うわ！

彼には優しさがある。愛がなくても、ケイトリンを思いやってくれる。幸せにするとも誓ってくれた。

だから……。

彼を信じよう。

ジェイクはわたしを故意に悲しませたりしないって。


翌日、ケイトリンはブレアとトリシアに誘われて、買い物に出かけた。

彼女達はケイトリンのドレスが少ないと思っているようだった。ケイトリンは充分だと思うのだが、これからいろんなところに招かれているから、全然足りないと言うのだ。

しかし、あれだけジェイクが忙しそうなのに、舞踏会などの催しに出席する暇などあるのだろうか。かといって、一人で出席したくない。結婚して間もないのに、夫に見捨てられているみたいだからだ。

そんなわけで、買い物には消極的なケイトリンだったが、実際に店に出かけてみると、意外に楽しかった。

それは、もちろんブレアとトリシアのおかげだった。三人でデザインや布地や色のことで話していると、楽しくて仕方ない。ドレスを仕立てることなんて、今まで苦痛だったが、それは自分でどんなドレスを注文したらいいのか判らなかったせいだ。

メグは当てにはできなかったし、今まで作ったドレスは、すべて父が仕立て屋に指示を出し、注文したものだった。ネイサンとの婚約発表をする舞踏会の前までは、地味なドレスしか持っていなかったのも、父が指示したことだったのだ。

そういえば、お父様は今頃どうしているかしら……。

ロンドンに帰ったというのに、何も知らせていない。手紙くらい書くべきだろうが、どんなふうに書いていいのか判らなかった。

ドレスの店で、ケイトリンが父のことをぼんやり考えていると、ブレアがデザイン帳を指差した。

「ねえ、これなんかどうかしらね。ジェイクは喜ぶと思うけど」

はっと我に返り、デザイン帳を覗き込む。そこには、今までケイトリンが着たこともない大胆なデザインのドレスだった。

「わたしには着こなせないような気がしますけど」

「まあ、自信を持って、ケイトリン。あなたなら、これくらい胸元が開いていても、下品にならずに着こなせると思うわ。結婚しているのに、あなたったら、とても純真そうな雰囲気を持っているから」

純真そうな雰囲気というのは、どういう意味だろう。幼い感じなのだろうか。さすがにおさげ髪だった頃よりはましになったと思うのだが、あまり大人っぽく感じられないのかもしれない。

「あの、わたしはもっと大人しい感じのデザインが……」

「そういうドレスはもう注文したでしょう？　一枚くらい、こういうものが必要よ。よそで着なくてもいいの。うちで着ればいいわ。ね？」

自分のドレス選びに夢中になっていたトリシアも、横から加勢する。

「そうよ。いざというとき持ってないと、着られないじゃない。お兄様は怒らないから、一応、作っておくべきよ」

どういうときが、いざというときなのだろう。疑問に思ったが、結局、二人に押し切られてしまった。というより、彼女達が勝手に注文してしまったのだ。

気がつけば、ケイトリンの分だけでも十枚を超えるドレスを注文していた。ブレアもトリシアもそれぞれ注文していたし、ケイトリンはこんなに買い物をしてもいいものかと思った。

「大丈夫かしら。本当にジェイクは怒らないかしら」

「大丈夫よ。だって、あなたを買い物に連れていってくれって、ジェイクが頼んできたんだもの」

　ブレアはそう言って、にっこりしながら追加の注文を出していた。

「でも……」

「いいのよ。わたし達に任せておいて」

　ケイトリンはとうとう抵抗をやめた。ジェイクの資産のことは知らないが、ずっと一緒に暮らしていたブレアがそう言うのなら、本当に大丈夫なのだろう。

　ドレスの他に、帽子や髪飾り、宝石の店などへ行き、必ずしも購入したわけではないが、三人で楽しい時間を過ごした。

　そろそろ帰ろうということになって、荷物を持つためについてきていた従僕が、先に馬車が停めてある場所まで小走りで向かった。少し離れたところに停めてあるため、三人がいる場所まで馬車を移動させなくてはならないからだ。

　そのとき、別の馬車が近くに停まり、一人の女性が降りてきた。

　その女性には見覚えがあった。結婚披露宴のとき、ジェイクの腕に馴れ馴れしく手をかけ、話し込んでいた美しい女性だ。

　彼女はこちらを見て、微笑んだ。

「あら、オルフォード伯爵の……。この間の結婚披露宴はとても素敵でしたわ。皆さん、お元気でいらしたかしら」

彼女が何者なのか知らないが、ブレアとトリシアは知っているらしい。トリシアは彼女のことが嫌いなのか、眉をひそめたが、ブレアは強張った微笑みを浮かべて挨拶をした。

「ええ。プレストン夫人、お久しぶりですわね」

プレストン夫人と呼ばれた女性は、ケイトリンに視線を向けた。

「伯爵夫人、この間は直接ご挨拶する機会がありませんでしたけど、わたし、友人のパートナーとして披露宴に出席させていただきました」

彼女の目に何故か挑むような光がある。ケイトリンはどうしてそんなふうに見られるのか判らなかったが、挨拶をされて、知らん顔もできない。

「そうですか。ご出席いただきまして、ありがとうございます」

「わたし、伯爵の古い友人でもあるのですよ。てっきり、式にもご招待いただけるかと思っていましたのに……」

彼女は何が言いたいのだろう。古い友人という言い方にも引っ掛かりを覚えたし、招かれなかったことに不満を言うなんて、ずいぶん礼儀知らずだ。招かれなかったということは、ジェイクが彼女のことは忘れていたか、招待したくなかったということになる。

彼女は一体何者なの？

トリシアが突然、ケイトリンの腕に触れてきた。

「プレストン夫人、ごめんなさい。帰りの馬車が来ましたから。わたし達、これで失礼しますわ。ごきげんよう」

　トリシアに引っ張られて、ケイトリンは驚いたもの、ちょうど馬車がやってきた。トリシアだけでなく、ブレアにも追い立てられるように、ケイトリンは馬車に乗った。

「あの……プレストン夫人というのは……」

　馬車が動き始めたときに、ケイトリンは二人に尋ねた。

「あなたがあまり親しく付き合うような女性ではないわ。だから、もしまた顔を合わせたときも、適当な口実をつくって離れたほうがいいの」

　トリシアにきっぱり言われたが、ケイトリンは納得できずに眉を寄せた。

「彼女は何か問題がある人なのかしら」

「そうね。問題があるというより、問題を起こす人かもかれないわ。披露宴に潜り込んだのも、あなたに近づいてきたのも、何か魂胆があるからよ」

　とにかく、トリシアがひどく彼女を嫌っていることだけは判った。ただし、彼女がどういう人間なのか、具体的にはさっぱり判らない。

　ブレアも口を開いた。

「彼女はあなたに意地の悪いことを言ってくるかもしれないの。だから、なるべく一緒にいないほうがいいのよ」

「そうなんですか……」

それなら、披露宴のとき、ジェイクは彼女と何を喋《しゃべ》っていたのだろう。ケイトリンは気になったが、何故だかブレアもトリシアもそれ以上のことは話したくないようだった。

どのみち、わたしもジェイクに馴れ馴れしくする人と顔を合わせたくなんかないけど。

楽しかった時間が、最後になって台無しになったような気がした。ケイトリンの胸の中に、何かざわめくものがある。それは、プレストン夫人の眼差しが妙にきついものだったからだ。

彼女はわたしが嫌いなの……？

その理由は恐らくジェイクと関係しているだろう。

トリシアは彼女が問題を起こす人だと言った。できれば、そんなことにならないでほしい。

いや、彼女がどこで何をしようが構わないが、ケイトリンの周囲ではやめてほしかった。

嫌な予感に苛《さいな》まれ、ケイトリンはそっと胸を押さえた。


屋敷に戻ったケイトリンは、父に手紙を書いた。

新婚旅行から戻ったことくらいは知らせておいたほうがいいと思ったのだ。使い走りの少年に手紙を持っていかせると、父から返事が来た。

ジェイクと一緒に、食事に来ないかという誘いの手紙だ。以前の父なら、そんな手紙など出さなかっただろう。ケイトリンに無関心だったからだ。父は父なりに、ケイトリンとの仲を修復しようとしているのだろうか。

今夜もジェイクは遅くなると言っていたが、このことを相談したい。朝ではなく、夜のうちに話しておきたかった。昨夜のことがあるから、起きて待っていたら怒られるかもしれない。ケイトリンは迷ったものの、ナイトドレス姿でジェイクのベッドに潜り込み、本を読みながら待った。

断りもなく彼のベッドに入っていたら、気を悪くするかしら。でも、わたし達、夫婦なんだから……。

彼が今夜も一人で眠りたいと言うなら、後で自分の部屋に行けばいい。けれども、新妻が彼の帰りをベッドで待っていたら、彼は喜ぶかもしれない。ケイトリンを愛していなくても、ベッドでの行為は嫌いではないはずだ。

次第に眠くなってくる。ケイトリンはあくびをして、いつしか寝入っていた。

「……ケイトリン」

彼の静かな声が聞こえてきて、ケイトリンははっと目を覚ます。疲れた顔のジェイクがベッドの傍らに立っている。

「ああ、お帰りなさい……ジェイク」

ケイトリンは起き上がり、思わず彼に抱きついた。しかし、やんわりと押し戻される。

「遅いときは待たなくてもいいと言ったのに」

どうして待っていてはいけないのだろう。それも、起きて待っていたわけではなく、寝ていたというのに。やはり彼のベッドに勝手に入り込んではいけなかったのだろうか。

彼はわたしの顔を見ても、嬉しくなさそうだわ。

彼が帰ってきたのが嬉しかったのに、その気持ちはすぐに萎《しぼ》んでいく。昨夜だけでなく、今夜も、そしてこれからの夜もずっとこんなふうに拒絶されるのだろうか。

そんなことないわよね……？

仕事が溜まっている今だけのことよね？

ケイトリンは彼を見上げた。

「だって、相談したいことがあったから……。朝はゆっくり話ができないかもしれないし」

そう言うと、彼は表情を和らげる。

「なんの相談なんだ？」

彼は上着を脱ぎ、クラヴァットを解くと、ベッドに腰かけた。

ケイトリンは彼に寄り添いたかったが、また押し戻されたくなくて我慢する。そして、父の手紙の内容を伝えた。

「今度の土曜なら大丈夫だと思うよ」

「じゃあ、そう返事に書くわね」

彼はケイトリンを気遣うように、顔をじっと見つめて、頬に触れてきた。

「大丈夫かい？　お父さんと会いたくないなら……」

「いいえ、大丈夫よ。ただ、あれから会ってないから、少し不安があるだけ。でも、ずっと顔を合わせないわけにはいかないんだし……」

新婚旅行のときは、忘れていられた。しかし、ロンドンに帰ってきて、またケイトリンの前にその問題が戻ってきたのだ。しかし、もう父の機嫌を取る必要もないし、父がどう振る舞おうが、これから先、ケイトリンに影響を与えることはないように思えた。

「君より、お父さんのほうが不安かもしれないな」

そうかもしれない。だが、よく判らない。父の謝罪を受け入れずに、そのまま旅行に出てしまったからだ。今なら気持ちの整理がついているかと言えば、なんとも言えない。ただ、以前よりは落ち着いているのは間違いないし、父の言葉も少しは受け入れられるかもしれなかった。

「昼間は何をしていたんだい？」

彼は話題を変えた。

「お義母様《かあ》とトリシアの三人で、買い物に出かけたわ。わたし……二人が勧めるままに、たくさんドレスを注文してしまったのだけど……」

ドキドキしながら彼の反応を窺《うかが》う。すると、彼はふっと微笑んだ。

「全然構わない。君は伯爵夫人にしてはドレスが少なすぎるから、あの二人にもっと作らせるように言っておいたんだ。着飾った君をエスコートするのが楽しみだ」

「そうなの？　あなたは忙しそうにしているのに、わたし達だけで楽しんで、しかもお金をたくさん使ったから、なんだか悪くて……」

「そんなことを気にしていたのか、君は……」

ジェイクはケイトリンを柔らかくそっと抱き締めた。まるで、愛しくてたまらないものを抱き締めるみたいに。

ケイトリンの胸は高鳴った。

彼を愛している……！

抱き締められるだけで、何故だか涙が出てきそうになる。けれども、懸命にそれを抑えた。泣いたら、涙の理由を言わなくてはならなくなる。

でも、愛しているなんて言えない……。

彼はきっと困るだろう。拒絶されるくらいなら、言わないほうがいい。彼は何も知らなくていいのだ。

「金のことは心配ないよ。君のドレス代くらい、大したことはない。継母《はは》もトリシアもそう言っただろう？」

「ええ……。でも、あなたはこんなに遅くまで働いて、疲れていて……。そんなに無理して、新婚旅行に行くことはなかったのに」

「君は優しいんだな。これは一時的なことだから、気にしなくていいんだ。本当に……」

彼はケイトリンの頬にキスをした。

ああ、それより、唇にキスしてほしいのに。

ケイトリンは彼の首に腕を絡めた。

「ジェイク……」

キスしてほしくて、つい甘えたような口調になる。それなのに、彼はケイトリンをそっと押しやった。

「悪いが、今日も疲れたから、早く寝たいんだ。だから、君の相手はできない」

そんな……！

優しくしてもらって、喜んだのも束の間だった。

やはり、彼は明らかに新婚旅行中の彼とは違う。こちらが現実の彼なのだ。二人で仲良く旅行して、非日常の中にいるときと、周りにたくさん人がいて、日常生活を営んでいるとでは違うのは当たり前かもしれない。

けれども、ケイトリンは彼の温《ぬく》もりを求めていた。抱かれなくてもいい。ただ、一緒に抱き合うだけでもいいのに。

それさえも許されないの？

疲れていると言われたら、引っ込むしかない。彼の言いなりになるしかないのだ。

「でも……ここで寝ていいでしょう？」

彼は浴室のほうへ向かうために、ケイトリンに背を向けた。

「違うベッドのほうがよく眠れるだろう。君だって、まだ旅行の疲れが残っているだろうし、ゆっくり寝たほうがいい。同じベッドだと、いろいろ……」

ケイトリンは愕然《がくぜん》とした。

彼はこの部屋からわたしを早く追い出したいんだわ！

最初はものめずらしかった若い妻に、彼はもう飽きたのだ。元々、愛してもいなかったのだし、まとわりつかれたら煩《わずら》わしいだけなのだろう。彼が優しいから、勘違いをしていた。愛されていなくても、少しくらい好きでいてくれていると思っていた。

彼が綺麗だと囁いてくれるから、忘れるところだった。

わたしは誰からも愛されないってことを。

「……判ったわ」

思いがけなく唇が震えた。彼がはっとしたように振り向く。

「悪かった。ひどい言い方をして……」

「いいの。あなたの気持ちは判ったから」

ケイトリンは立ち上がり、自分の部屋へ行こうとした。慌てたようにジェイクが止める。

「そうじゃない。君は私の気持ちを誤解している。君を拒絶したいわけじゃないし、傷つけたいわけでもない。その反対なんだから」

彼の言いたいことが判らない。ケイトリンは首をゆっくり横に振った。

憐れみをかけてほしいわけではない。彼はケイトリンが傷ついたことに、すぐに気がついたのだ。だから、憐れんで、優しくしてやろうとしている。

でも……。

愛されていないのなら、憐れんでももらいたいたくない。そんな感情は惨《みじ》めなだけだ。

ケイトリンは抱き締めようとする彼の腕を押しのけた。もう、彼に話があるからといって、このベッドで待ったりしない。適当な口実で追い払われることほど、屈辱的なことはない。

「ケイトリン……」

肩に手をかけられて、包み込むように後ろから抱き締められる。とても温かくて気持ちがいいのに、もう彼を頼ってはいけない。

いいえ、最初から彼を頼ってはいけなかったのよ。

こうなることは判っていたのに、彼が優しいから、いつの間にか寄りかかっていた。

拒絶されることには慣れている。

だって、生まれたときからそうだもの。

慰めてやらなくてはならないという義務感で、彼は今こうして抱き締めている。こんなひどい屈辱があるだろうか。

「放して」

「ケイトリン、聞いてくれ。私は君を大事に想っている。君を幸せにしたいと思って、結婚した。だから、私の言い方が悪かったからといって、誤解してほしくない。本当に……疲れているから、別に寝ようと言ってみただけなんだ」

こんな言い訳を聞かされるのは、とてもつらい。いっそのこと、突き放してほしい。そうすれば、もう二度と彼に近寄らないから。

「判ったから……。あなたが疲れているのは、顔を見れば判るから」

「ケイトリン、こっちを向くんだ」

強引に彼のほうを向かされた。彼は何故だか必死な表情で、ケイトリンの顔を見つめてくる。まるで、心からケイトリンが傷ついてないかどうか、見極めようとするように。

彼はとても優しいから……。

その優しさにすがってはいけない。

彼はネイサンとの結婚から救ってくれた。そして、伯爵夫人にしてくれた。飽きられたからといって、彼を恨んだりしたくない。

「ジェイク、わたしはあなたにとても感謝しているの」

「……感謝だって？」

ケイトリンの肩を掴む手の力が弱まった。

「ええ。だから、あなたを煩わせたくないの。ごめんなさい、疲れているときに、我儘《わがまま》を言ったりして」

微笑んでみせると、彼は手を下ろした。それでも、ケイトリンの目をじっと見つめてくる。

「いや……私こそ……悪かった。君を追い払うようなことを言ってしまった」

「ううん。いいの。土曜も、本当は忙しいんじゃないの？」

「そんなことはない！　一緒に行くよ。君のためなら、なんだってする」

その言葉が嘘《うそ》なのは判っている。だが、そう言ってくれるのは嬉しい。たとえ、本心からではなくても。

「ありがとう。じゃあ、本当にあなたの邪魔はしたくないの」

ケイトリンは彼の頬にキスをした。

本当は唇にしたいけど、もう我儘は言わない。

戸惑うような表情の彼を置いて、ケイトリンは自分の部屋に戻った。暗くて、なんだか寒く感じる。手探りでベッドに入り、暗闇の中、目を見開く。

泣きそうになったが、我慢して涙を止める。

明日、目を腫らしていたくないから。

彼がいなくても平気だ。少なくとも、彼は優しい。父のように素っ気なく拒絶してくるのではない。ただ、真綿で首を絞められるような気持ちになってくるけれど。

ケイトリンはそっと首に触れた。

息が苦しい。胸が焼けるように熱い。

やはり愛は苦しいものだった。だからといって、愛するのをやめることはできない。やめてしまえば、どんなに楽なのか判っていても。

開いたままの目から、涙が溢れ出てくる。

ケイトリンは涙を拭おうとせず、ただその涙が目尻から下に流れ、枕を濡らしていくのを感じていた。


翌日の夕方、ケイトリンはホワイト邸に向かった。ちょうど父が仕事から帰ってくる時間だ。

一人で父に会うのは、少し怖い。いや、気乗りがしないのかもしれない。しかし、もうジェイクを自分のことで煩わせたくない。土曜が空いているというのなら、彼にはゆっくり休んでもらいたい。

そのために、ケイトリンは一人で会いにいき、ジェイクには土曜の食事の件はなかったことにしようと考えたのだ。

一人でやってきたケイトリンを見て、父は驚いていたが、微笑みを浮かべて迎えてくれた。

「訪ねてきてくれて嬉しいよ、ケイトリン」

いつもむっつりとしていた父とは、まるで違う。しかし、よく見ると、かつての父に比べてかなり痩せて、やつれているようだった。

「お父様、どこか具合が悪いの？　それとも、お仕事が忙しくて、疲れているのかしら。わたし、悪いときに来てしまったのかも……」

「いや、全然そんなことはない！　痩せたのは……あれからあまり食べられなくなってね。理由は判っているだろう？」

父は結婚披露宴のあのときから、ずっと自責の念に堪えていたのだろう。ケイトリンはそれも知らずに、呑気に新婚旅行を楽しんでいて、ロンドンに戻ってきたのに連絡も忘れていたのだ。

もちろん父のことをなるべく考えたくなかったというのもあるが、父がどれほど自分を責めているかということについて、まったく考えもしなかった。いくら愛されなかった理由を知って、傷ついていたにしても、ケイトリンは自分のことばかり憐れんでいたことに気づき、恥ずかしくなってしまった。

「ごめんなさい。わたし……」

「いや、おまえが謝ることじゃない。こっちへ来て、座りなさい。やっと会えたのだから、ゆっくり話そう」

父はまた微笑んだ。

ケイトリンははっと気がついた。

父はもしかしたらわたしに会えて、本当に嬉しがっているのかもしれないわ。

今までずっとケイトリンは父に蔑《ないがし》ろにされてきたし、優しくされたこともなかった。それは父がケイトリンを自分の娘ではないと思っていて、母の死の責任をケイトリンに押しつけていたからだ。だから、真実が判って、ケイトリンに違った態度で接してくるだろうとは予想していたが、父が会えて嬉しいといった感情を持つとは、まったく想像もしていなかったのだ。

わたしなんて、ずっといらない子だと思っていたから……。

しかし、ケイトリンももう子供ではない。結婚をして、伯爵夫人になった。大人としての目線で、父を見れば、また違ったことが判るかもしれない。

居間のソファに腰を下ろして、父が尋ねてくる。

「新婚旅行はどうだった？　確か湖水地方へ行くと聞いたような……」

「ええ。そこへも行ったわ。伯爵家の領地とブライトンのコテージにちょっと滞在していたの。でも、しばらくロンドンを留守にしていたから、仕事のほうが今は忙しいらしくて」

「ああ、そうかもしれないな。だが、旅行に出かけたということは、優秀な部下がいるんだろう。私はうっかり留守をしたら、会社がどうなるのか怖くてならん」

父が自分の会社のことを、そんなに率直に語るのを初めて聞いた。ケイトリンは驚いて、目を丸くした。

「お父様の仕事の話なんて、初めて聞いたわ」

父は少し照れ笑いをした。

「そうだったな。おまえが旅行に出かけている間、私はいくらでも考える時間があったから。落ち込みもしたし、反省もした。時間は戻せないし、今までのことをやり直せるわけがない。だが、今から自分を改めることはできると思ったんだ。それで、おまえやジェシカに許してもらえると思わないが、何もしないでいるよりはいい」

父はあの披露宴のときにひどいショックを受けた。そして、真剣に自分のしてきたことに向き合ったのだろう。そして、ひとつの結論を得たのだ。

己を改めること。

父の年齢でそういったことを決心できる人間はどれだけいるだろう。まして、行動に移す人間はそんなにいないはずだ。

年齢を経れば経るほど、人は頑《かたく》なになるという。ケイトリンの年齢ではぴんとこない話だが、シスターがそんな話をしていたことがある。だから、たとえ間違っていることであっても、老人には敬意を払わねばならないと。

父は老人と呼ぶほど年を取っているわけではない。しかし、元々、頑固な性格を持っている。それが、こんなふうに変わろうとして、変わることができるのだ。

ケイトリンは父が誇らしく思えた。

だって、誰にでもできることではないもの。まして、娘に自分の過ちを認めるということは。

「お父様はすごく苦しんだのね……」

「おまえだって、そうだろう?」

「わたしは……全部ジェイクに話したの。彼は優しく慰めてくれて、それから励ましてくれたわ。今もまだ心の整理がついているとは言えないけれど、支えてくれる人がいると思うだけで、心強かった」

正直なところを口にすると、父は微笑みながら頷いた。

「よかった。おまえは伯爵に愛されているんだな……」

「そうかしら……。ジェイクは優しい人で、立派な人ではあるけど、わたしを愛しているわけではないと思うわ」

仮に愛しているとしても、その愛は家族に対する愛情であるような気がする。彼がブレアやトリシアに向けるものと同じだ。彼は彼女達にも同様に、気遣いをするだろう。彼女達が心を傷つけられれば、同じように慰めるし、傷つけるものに対して立ち向かおうとする。

ジェイクの妻になったから、彼はケイトリンを大切にする義務があると感じているのではないだろうか。

「私はそうではないと思うな。おまえを愛しているから、彼はネイサンからおまえを奪った。伯爵は爵位もあり、資産家でもある。事業家としても立派だ。だから、正直言って、花婿候補として引く手あまただったんだ。どんな美しい女性とでも、独身であれば結婚できた」

ケイトリンはプレストン夫人のことを思い出した。もし彼女が独身ならば、ジェイクは彼女と結婚したのかもしれない。いや、そんな想像は飛躍しすぎだろうか。だが、彼女と会ったときの、ブレアやトリシアの態度は少しおかしかった。

「だが、彼が選んだのはおまえだった。それも、ネイサンと婚約発表することを知っていたというのに、おまえを攫《さら》っていった。一晩経《た》って、おまえに心を奪われたから、やむにやまれぬ衝動で、連れ去ったのだと私は思っている。どうにでも結婚しなければならないところまで、おまえを引き留めておいた。つまり、彼はどうしてもおまえと結婚したかったんだ。愛していなければ、どうしてそんな行動を取るだろう」

そう言われてみれば、誰が同情だけで、わざわざ結婚するというのだろう。しかも、彼は何度も幸せにすると誓っている。

わたしは彼に愛されている……？

ケイトリンの心は舞い上がった。

「お父様は本当にそう思ってらっしゃる？　ジェイクはわたしを愛していると？」

上擦った声で尋ねると、父は重々しく頷いた。

「そうまでしておまえを手に入れたかったんだ。黙って見ていれば、おまえとネイサンが婚約発表をしてしまう。それを阻止しなければいけないと思ったんだろう」

父は母を愛していた。そして、唯一持っていた武器であるお金の力で、母と結婚した。だがらこそ、ジェイクの行動に隠されたものを読み取れるのかもしれない。

「もし、彼が愛してくれているなら……こんなに幸せなことはないわ」

彼に愛されていると思うだけで、ケイトリンはうっとりした。父はケイトリンの表情を見て、微笑んだ。

「おまえも彼を愛しているんだな」

恐らく顔に表れていたのだろう。否定しても仕方がないので、ケイトリンは頷いた。

「でも、愛されている自信はないの。わたしは大して美人ではないし、社交上手でもない。なんの取り柄もないし、伯爵夫人としてやっていくだけのものは備わっていないわ」

「おまえが自分をそんなふうに低く見るのは、すべて私のせいだ。私がおまえに自分の苛立ちをぶつけていたから……。だが、ちゃんと知っている。おまえの容姿がジェシカに似て、非常に綺麗なことも、頭がよく、優しく気立てもいいことや、贅沢好きでもなく、派手でもなく、上品なところも……。おまえは男が望むものをすべて持っているんだ」

ケイトリンは、父に褒められたのは初めてで、驚いてしまった。

「わ、わたし……お父様にそんなことを言われるとは思ってなくて……」

ほんの少しでいいから褒めてもらいたいと、ケイトリンは学校の休暇の度にそう思ってきた。しかし、父は一度も褒めてくれなかった。冷たい眼差しでちらりと見るだけで、存在すら認識されていないように感じたものだった。

思いのほか、父はケイトリンをちゃんと見てくれていたのだろう。そう思うと、胸の中が温かくなってくる。

「今まで気づいていても、褒めなかった。その分を取り返そうとしているんだ」

ケイトリンは少し笑った。

「わたしの何もかもが、お父様の気に入らないのだと思っていたわ」

「いや、ちゃんと知っていたが、つい意地悪いことばかり言っていたんだ。おまえだけにつらく当たっていたんだな。だが、逆に、ジョージやメグには躾《しつけ》が足りなかったようだ。あんなふうに育ってしまって……。自分のしたことを正当化するわけではないが、おまえは本当にいい娘に育った」

つまり、ジョージの無視やメグの意地悪にも、父は気づいていたということだ。

「まあ……あの、お父様がわたしのことを評価してくださっていたということが判っただけでも、嬉しいわ」

父は少し溜息《ためいき》をついた。

「こうしておまえが普通に話してくれるだけで、私は感謝せねばなるまい。本当なら絶縁されてもおかしくない。メグなら泣き喚《わめ》いたところだろう。ジョージなら財産を半分寄越せと言ったに違いない」

本当にそうかもしれない。父の予想に、ケイトリンはなんだかおかしくなって笑った。

父の前でこんなふうに笑うことがあるとは思わなかった。父はいつもケイトリンを威圧していたから、ケイトリンは緊張ばかりしていたのだ。

「ジェイクを愛して、お父様の気持ちが少し判りました。誰かを愛すれば、幸せなときもあるけど、苦しいときもある。この気持ちがもし報われないとしたら……」

それは地獄の苦しみになる。ケイトリンにはよく判った。

父が言うように、彼が愛してくれているなら幸せになれる。彼が優しくしてくれるのが、憐れみからだったら、ケイトリンは自分の心を守るために頑なにならざるを得ない。

メイドがお茶やお菓子を運んできた。ケイトリンは父と自分のカップにお茶を注いだ。その手つきを見て、父がしみじみ言う。

「おまえは仕草もジェシカに似ている。ジェシカが生きていればな……」

父がそう言いたくなる気持ちは判る。しかし、それはもうどうしようもないことなのだ。

「お母様はいないけど……わたしがいるわ、お父様」

以前の父には絶対に言えなかったことだ。けれども、今、ケイトリンの口からするりとその言葉が出てきた。

父は涙ぐみ、頷いた。そして、自分が泣きそうになったのをごまかすように、カップに口をつける。

「おいしいよ。とても……」

ケイトリンも涙が出そうになり、慌ててまばたきをした。

そうして、二人は静かにお茶を飲んだ。


ケイトリンは伯爵邸に戻るため、馬車に乗った。

父はいつでもまた訪問してくれと言ってくれた。もちろん、二人の間のわだかまりというものは、完全に解けたわけではないし、ぎこちなさはあるが、いつかきっと普通の父娘になれるのかもしれない。ケイトリンはそんなふうに思えた。

ほんの少し前までは、絶対そんなことはあり得ないと思っていたのに。

父は変わった。ケイトリンが長年望んでいた父親そのものになった。ケイトリンも、自分の理想だった娘そのものになることも、可能なのではないだろうか。

父に拒まれていたときは、ジェイクが優しくしてくれた。今度はジェイクには拒まれたけれども、父が優しくしてくれる。ケイトリンはどちらの愛も欲しかった。だが、それを望むのは欲張りなのかもしれない。

ジェイクはかつてわたしを愛していたかもしれない。そうでなければ、結婚する必要がどこにあっただろうか。

でも……。

熱が冷めるように、愛も醒《さ》めるものだとしたら……。

彼は思いやりのある優しい人だ。だから、ケイトリンを突き放せないのだろう。幸せにしたいと言ってくれる。そんなふうに優しくしてもらうことを、ケイトリンは喜ばなくてはいけないのだろうか。

やがて、伯爵邸に着いた。

馬車から降りると、玄関前に誰か男性がいる。が、なんだか執事と言い争いをしているようだ。

近づいてみると、その男性はネイサンだった。

服装もあまり清潔ではない様子で、乱れている。それに、酒の匂いもさせている。彼は振り向き、ケイトリンを見た。

「ケイトリン……今は伯爵夫人か」

彼とは会いたくなかったが、あれから一度も会わずに婚約解消したことを、ケイトリンは少しだけすまなく思っていた。彼の言い分など聞いても仕方ないかもしれないが、言い訳すら聞かずに、一方的に婚約を破棄したのだから。

「ネイサン……」

謝ろうかと思ったが、婚約解消の際に、父がいくらか彼にお金を払ったと聞いている。それに、あの舞踏会で愛人と戯《たわむ》れていたことは、やはり許せない。あれがなければ、ケイトリンは彼と結婚していたはずだからだ。

「何か用かしら。ジェイクに会いにいらしたの？」

執事が横から入ってくる。

「奥様、お帰りなさいませ。旦那様はおいでになりませんので、ちょうど帰っていただくところですよ」

「そういうわけですから、どうぞお帰りください」

ジェイクは今日も帰りが遅いと言っていた。ケイトリンは頷き、ネイサンのほうを向いた。

ケイトリンは伯爵邸に入ろうとしたが、腕を掴まれた。

「ちょっと待てよ。あいつがいなければ、君でもいい。話があるんだ」

「わたしはあなたに話なんかありません」

彼の手から逃れようとしたが、しっかり腕が掴まれていて、振り払えない。

「一時は婚約した仲じゃないか」

ケイトリンはきっと彼を睨《にら》んだ。

「それを台無しにしたのは、あなたでしょう？　わたしが父には何も言えないと思って、侮っていたから……」

「そうさ。だが、あいつが君を自分のいいように動かしたんだ。目的のためにね」

「……なんですって？」

ネイサンの言うことを信じてはいけない。彼は婚約を解消されて、腹を立てているはずだ。恥をかいたし、持参金をもらえなかったから。

しかし、ケイトリンは彼がとても重要なことを口にしているような気がした。

ネイサンは口を歪《ゆが》めて笑った。

「やっぱり何も知らなかったんだな。……教えてやろうか。あいつがどうしても僕と君を結婚させたくなかった理由を」

ケイトリンが迷っていると、執事が二人の間に割って入ってきた。

「この方の言うことを聞いてはいけません。旦那様からこの方がいらしたら、すぐに追い返すように指示されているのです」

それは、何故……？

その理由を、ケイトリンが知ることになったら、ジェイクが困るからではないだろうか。

ケイトリンにはそう思えた。それに、彼の話を聞いたからといって、なんの害にもならない。信じられるかどうかも判らないが、それは聞いてみなければ判らなかった。

「中に入って。話をしたら、出ていってね」

「奥様！」

「いいから」

執事が止めるのも聞かずに、ケイトリンはネイサンを客間に通した。この豪華な客間に、今のみすぼらしい姿のネイサンは不釣り合いだった。彼も辺りを見回して、肩をすくめると、ソファに座る。

「お茶を……」

「酒がいいな。本当は金を寄越せと言いたいところだが、酒を飲ませてもらえばいい」

ケイトリンは心配してついてきた執事に、ウィスキーとグラスを持ってくるように指示した。執事は眉をひそめたものの、黙ってそれを持ってきてくれる。ケイトリンがウィスキーをグラスに注ぐと、彼はそれをおいしそうに飲んだ。

なんて下品なのだろう。彼と結婚しなくて、本当によかった。ジェイクが二人の婚約を壊そうとした理由がなんであれ、やはりそのことだけは感謝したい。

「それで……教えて。理由はなんだと言いたいの？」

「ゆっくり酒を飲ませてくれよ」

「早く教えてくれないと、ジェイクが帰ってくるわよ」

ケイトリンが急かすと、ネイサンは顔をしかめた。

「だったら、すぐに追い出されてしまうな。じゃあ、教えてやろう。あいつは僕に復讐したかっただけなんだ」

「……復讐？」

聞き慣れない言葉に、ケイトリンは戸惑った。そんな理由があるなんて、思いもつかなかった。

「そうさ。復讐さ。ライナスの……」

「ライナスって……ジェイクの義弟《おとうと》だった……」

「僕はライナスと同じ年で同じ学校にいた。あいつは気が弱くて、要領も悪かった。僕はあいつを可哀想に思って、仲間に入れたんだ。遊ぶときはいつも一緒だ。悪さもしたよ」

彼は自分のいいように話しているのだと、ケイトリンは気がついた。自分も寄宿学校にいたから、よく判る。気が弱いと、強い者に苛められるものだ。ライナスはネイサンの言いなりになっていたに違いない。そして、きっと彼には逆らえなかった。

「悪いことをしたの？」

ケイトリンはもっと彼が正直に話すようにと、わざとウィスキーを注いだ。

「大したことじゃないさ。酒を買ってこさせたり、大人のポケットから何か抜き取らせたり……他愛ないことだ」

ケイトリンからすると、全然、他愛ないことではない。捕まれば、厳しい学校なら退学になるだろう。そういった悪さをネイサン自身がするならまだしも、彼は弱い者にやらせていたのだ。

「ライナスは嫌がったでしょう？」

彼は三杯目を飲み干した。

「まあな……。でも、脅《おど》したら、すぐに言うことを聞いた。小遣いも寄越せと言ったら、すぐに差し出すし……いい奴《やつ》だったよ。だから、学校を出てからも、僕はいろいろ面倒を見てやったんだ」

「どんなことをしてあげたの？」

ゾッとしながら、ケイトリンは尋ねた。

「大人の遊びを教えたんだ。阿片《あへん》や女遊び、賭け事も……。あいつは首が回らなくなるまで、借金をして……」

ネイサンはその頃のことを思い出し、楽しそうに笑った。

「ライナスはそんな多額の借金をしていたの？」

「あいつは借金して、親友の僕に貢《みつ》いでくれたのさ。友情万歳だよ！　僕はいい友達を持った。あいつの肩を抱いて、そう言ったもんだよ」

ライナスはネイサンに脅かされ、借金させられたのだ。本人も遊びに誘われ、のめり込んだかもしれないが、元凶はネイサンなのだ。

「ライナスは……どうして亡くなったの？」

「ある夜、川に落ちた。だが、本当は身を投げたんだろうさ。借金なんて、伯爵がなんとかしてくれたに違いないのに。馬鹿だよ、あいつは」

ケイトリンはギュッと目を閉じた。

ライナスはネイサンに食い物にされ、借金を重ねたことをジェイクには言えなかった。どうしようもないところまで追いつめられ、自ら命を絶った。だが、ネイサンはそれを馬鹿だと罵《ののし》っている。

ジェイクはライナスがそうした理由を知ったのだろう。そうして、ネイサンに復讐をしようとしていた。

「ジェイクは、あなたがわたしの持参金で裕福になるのを阻止しようとしていたのね……」

「そうだ。あの舞踏会で君を直前に連れ去るなんて……ね。一番効果があるときを待っていたんだ。あれから、社交界で噂《うわさ》が流れたんだ。僕が……あの舞踏会で愛人と戯れていたと。結婚しても、愛人を手放すつもりはないと言って、君を侮辱したのだと……。君があいつに言いつけたんだろう？　そして、あいつが噂を流して……」

「彼はわたしが書斎を出たとき、そこにいたから、全部聞いていたのよ」

ネイサンは大声で笑った。

「つまり、用意周到だったわけだ。……あの噂で、次の獲物は見つからなくなってしまった。誰も……自分の娘を僕に嫁がせようとはしなくなって……。僕は破産目前なんだ」

だから、自暴自棄になって、酒浸りになり、こんなふうに街をさ迷っているのだろう。ケイトリンには想像できた。彼にはジェイクのように働いて、なんとかしようという気持ちはないに違いない。

「僕が落ちぶれていくのを見て、あいつは喜んでいるんだ……。ケイトリン、あいつは悪魔だよ。君はあいつに利用されただけだ」

ネイサンはウィスキーをグラスに注いで、また飲み干した。

ケイトリンは苦々しい想《おも》いで、それを見ていた。

ジェイクがネイサンの手からケイトリンを奪ったのは、愛のためなんかではなかった。すべては復讐のためだ。あの夜、ケイトリンをここに連れてきたのも、そういうことだったのだ。

そうだわ。あのとき……。

ケイトリンは今の彼のようにお酒を勧められた。それから記憶がなくて、気がつけば、ベッドの中だった。裸で眠っていて、傍らには彼がいた。

つまり……。

ケイトリンはネイサンと結婚できない身体になっていた。未婚の若い娘が、男性と裸で寝たら、その相手と結婚するしかない。たとえジェイクが黙っていたとしても、泊まってしまえば、使用人は噂をする。そして、使用人の噂は雇い主にも伝わるのだ。

ふしだらな娘だと社交界で噂をされたら、身の破滅だ。しかも、ダメ押しに、彼はそのままケイトリンの処女を奪った。

そうなれば、彼と結婚しなければならなくなる。必然的に、ネイサンとの婚約は解消するというわけだ。

確かに、ネイサンの言うとおり、結婚したのは成り行きだ。ジェイクが紳士として責任を取っただけだ。

ジェイクは何度もケイトリンに、幸せにすると言った。その言葉の意味も、また変わってくる。彼はケイトリンを復讐のための道具にしたから、その償いとして、幸せにすると言っているのではないだろうか。

もちろん……そこに愛情など、あるはずもない。

ケイトリンは愕然としながら、ただネイサンが酒に溺れるのを眺めていた。

執事はネイサンを馬車に乗せ、彼の屋敷まで送らせた。

ケイトリンは気分が悪いという理由で、自室に引きこもり、夕食を摂らなかった。食べる気分ではなかったし、ブレアやトリシアに自分の気持ちを知られないようにやり過ごすことは、今夜だけは無理だったからだ。

ネイサンの言ったことが本当だとは限らない。彼は真実を捻じ曲げている可能性がある。しかし、彼がライナスにしたことが本当なら、ジェイクがケイトリンと彼の婚約を意図的に邪魔しようとしたのは間違いないのではないだろうか。

ケイトリンは自室の居間にこもったまま、じっとジェイクが帰ってくるのを待っていた。

彼の言い分を聞きたい。果たして、彼はなんと言うのだろう。ネイサンの言ったことを否定するだろうか。

やがて、彼の足音が聞こえてきた。

そのまま自分の部屋に行くのかと思ったが、ケイトリンの部屋の扉をノックした。

「どうぞ入って」

静かに答えると、ジェイクが部屋の中に入ってきた。何もせず、ただ椅子に座っているケイトリンをじっと見つめる。

「ネイサンが来たと聞いた。そして、君がそれからずっと部屋から出てこないと」

「ええ……。ネイサンから、あなたが彼とわたしの結婚を邪魔しようとした理由を聞いたわ。復讐のためだって……」

ジェイクは眉をひそめた。

「……君はあいつの言葉を信じるのか？」

「じゃあ、嘘だって言うの？」

できることなら、嘘だと言ってほしい。信じられるかどうかはともかくとして、信じさせてくれるような説明が欲しいとも思った。

だが、彼は諦めたように溜息をつき、首を振った。

「いや……。本当だ。君の持参金がネイサンに渡るのを、みすみす見逃すわけにはいかなかった。長い時間をかけて、私はあいつを破産寸前まで追いつめたんだから」

ケイトリンは愕然とした。ネイサンはそれを知らなかったに違いない。ジェイクにそういった状態に追いやられていたことを。

「あいつは復讐される理由も喋ったのか？」

ケイトリンは頷いた。

「ウィスキーを飲ませたら、ぺらぺら喋ったわ。あなたの義弟を悪い遊びに引き込み、借金をさせて、追いつめたことを……」

「そうだ。ライナスは気が弱いが、優しい子だった。あいつはライナスをさんざん苦しめて、その未来を奪ったんだ。だが、私はあいつに直接手を下したりしない。ただ破産させて、自ら地獄へ堕ちるのを眺めるだけだ」

ケイトリンは息を呑んだ。今の彼はケイトリンが知っている優しいジェイクではない。ネイサンへの復讐に燃える彼は、ひどく恐ろしい顔をしていた。

「わたしは……あなたにとってただの道具だったのね……。ネイサンに復讐するための……」

彼は顔をしかめた。

「必ずしも、そうじゃない。ネイサンと君の結婚は、確かに邪魔だった。持参金はすぐに使い果たすかもしれないが、君のお父さんは資産家だ。そういった繋がりができると面倒だとは思った。だが、君があんな男と結婚するのを、見て見ぬふりはできなかった。君だって、今はそう思うだろう？　あいつと結婚しなくてよかったと」

「もちろんよ。そのことは感謝しているわ。でも……」

ケイトリンはその先を続けられなかった。

父がケイトリンに期待を持たせたのだ。そうまでして、ネイサンの婚約を邪魔したのは、ケイトリンを愛しているからだと。だが、それは勝手にこちらが期待していただけのことだ。

結局、彼は責任を取って、結婚したのだろう。最初からそれだけのことだった。だとしたら、ネイサンとの婚約を邪魔した理由など、ジェイクにしてみれば、どうだっていいことだと思っているのかもしれない。

そうよ……。わたしは愛されてなんかいなかった。

判っていたことじゃないの。

ケイトリンはうつむいた。

「あなたがライナスの復讐をしたいという気持ちは判るわ。でも、あなたは手段を選ばないのね。私にお酒を飲ませて、眠ったら、裸にして、ベッドに寝かせた……。そして、絶対にネイサンと結婚できないように、処女まで奪ったんだわ」

そうとは知らず、ケイトリンはただ彼に感謝していた。そして、愛してしまっていた。

ケイトリンは胸に何か鋭いものが突き刺さったような気がした。

これは致命傷だわ……。

心が死にかけている。ジェイクを愛した心が死にかけていた。

思わず胸を押さえた。胸の鼓動は異常なく動いているが、ケイトリンは苦しくて仕方なかった。

愛することは苦しいことだ。けれども、こんな苦しみは予想もしていなかった。

愛されていないこと以上に、苦しいことがあるなんて。

「ケイトリン……！」

ジェイクはケイトリンのほうへ足を踏み出した。だが、触られたくない。抱き締められて、キスをされたら、きっとまた身体が蕩けて、彼の言いなりになってしまう。

ケイトリンはさっと立ち上がった。

「もう、わたしは寝るわ。ポリーを呼ぶから、出ていってくださらない？　あなたはあなたのお部屋で、お休みになるといいわ」

どうせ、彼はそのつもりだったはずだ。ケイトリンにはとっくに飽きているのだろう。

ふと思った。こんなに帰りが遅いなんて、本当に仕事のせいなのだろうか。ひょっとしたら、他に彼には遊ぶ相手がいるのかもしれない。

たとえば……愛人とか。

「いや……。そのつもりはない」

ジェイクは低い声でそう言った。ケイトリンは何故だか身体を震わせる。寒いわけでもないのに。

「どうして？　あなたもお疲れでしょう？　疲れたときは、別々に寝たほうがいいと、あなたは……」

「ああ。確かにそう言った。だが、考えが変わったんだ。夫婦はやはり一緒に寝るべきだ」

「でも……」

ケイトリンが何かを察知して、身体をかわそうとする前に、ジェイクに抱きすくめられていた。

「やめて……っ」

「何故だ？　夫が妻を抱くのは、当たり前のことじゃないか」

「だって、あなたはわたしと本当は結婚なんてしたくなかったんでしょう？　復讐の犠牲にしたから、仕方なく責任を取って……」

「いや。最初見たときから、君を抱きたかったよ。こんなふうに……激しいキスをして……」

彼はケイトリンの頭を押さえつけながら、強引に唇を奪った。

もう……やめて……！

ケイトリンは悲鳴を上げたかった。けれども、唇を塞がれて、悲鳴など上げられるはずもない。舌を絡めとられたら、声など出ない。こんなふうに深く、激しく口づけられたら、抵抗する気力も奪われてしまう。

ケイトリンは徐々に力を失っていった。

怒りに任せてするようなキスなのに、どうして抵抗できないのだろう。心の奥の奥まで、身体の隅から隅まで、ケイトリンはもはや彼のものだった。すべて、彼の言いなりになってしまっていた。

唇が離れても、身体の震えが止まらない。彼はケイトリンを抱き上げると、共用の浴室を通って、自分の寝室へと連れていった。そして、ベッドへ横たえる。

「ジェイク……」

「もういい。黙るんだ」

彼はドレスを剥《は》ぎ取《と》り、コルセットを取り去ると、ペチコートの裾から手を差し入れて、ドロワーズを抜き取った。

「な、何をするの……」

「何をすると思うんだ？　夫が妻にすることに決まっているじゃないか」

彼はケイトリンの身体を引っくり返して、後ろからペチコートを腰までまくり上げた。下着をつけていないので、お尻が丸見えになり、ケイトリンは小さな悲鳴を上げる。

「いやぁっ……」

今更、恥ずかしがるのは間違っているだろうか。しかし、後ろから見られたことはなかった。それに、今まで彼はとても優しく愛撫《あいぶ》を施してくれていたというのに、今日は違う。どちらかというと、乱暴で荒々しかった。

しかも、脱がせ方も中途半端で、ケイトリンはまるで自分が娼婦にでもなったような気がした。

何故なら、彼はケイトリンの身体だけにしか興味がないみたいに振る舞っているからだ。

それとも……本当はそうなの？　わたしの身体にしか用がないの？

そんなことは信じたくない。だが、こうして後ろから見られていると、不安になってきてしまう。

一体、彼は何を考えているのだろう。

彼はお尻にすっと触れてきた。

「きゃっ……！」

小さな悲鳴を上げたものの、彼は容赦などしない。

お尻を撫で、両脚の間から手を差し入れると、秘部にも触れてきた。こんなふうに一方的で乱暴なことは嫌だと思ったが、秘裂を何度かなぞられると、もうそこが潤んできたのが判った。

ああ、なんてことなの……。

ケイトリンは屈辱を味わった。

彼はわざとそうしているのだ。ケイトリンは耐えられない気持ちになった。けれども、この寝室を出ていって、自分の寝室に閉じこもれば、もっと二人の仲はこじれてしまうだろう。

そんなの、いやっ……。

ああ、どうすればいいの？　彼の行動を止める方法はあるの？

ケイトリンは身体に湧き起こる快感を無視しようとした。しかし、それは無理だった。ジェイクに触れられて、感じないわけがない。

彼はふっと笑った。

「……いい子だ。君がいくら拒絶しても、ココは感じていて、受け入れたがっている」

「そんな……意地悪なことを言うのは……やめて」

だって、それは本物の意地悪だから。今までのように、からかっているだけではない。

「本当のことだ。君はこうされるのが好きなんだろう？」

「あぁっ……んんっ……」

彼は最も敏感な部分に触れてきて、そこを刺激した。

確かに好きかもしれないし、感じている。けれども、それは相手が彼だからだ。物理的な刺激が好きなのではない。ケイトリンは彼に触れられるのが好きなのだ。

彼の愛撫だから、感じてしまう。受け入れたいと思うのも、彼を愛しているからだ。身体がそうなっているのではなく、ケイトリンの気持ちがそうさせているだけだ。

だが、それを口に出すわけにはいかない。自分の愛は彼に知られてはならなかった。

彼を愛していると自覚したときから、告げるつもりはなかった。しかし、彼がどうして結婚したのかを知った以上、絶対に言ったりしない。

だって……。

わたしがあまりにも惨めだもの。

ジェイクは更に、後ろから秘部に舌を這《は》わせ始める。同時に、指で愛撫されたケイトリンは、身体をガクガクと震わせた。

こんなふうに愛撫されるのは初めてだった。だいたい、いつも彼はケイトリンを裸にしてしまう。愛撫だって、もっといろんなところにキスをしてくれて、徐々に高ぶらせてくれるのだ。

それなのに、今日は何もかもが違う。

けれども、情けないことに、彼に刺激されると、今までと同じように自分の身体は応えてしまうのだ。

次第に全身が熱くてたまらなくなる。甘い疼《うず》きに身体の芯が蕩けるようになっていって、ケイトリンは目の前のシーツをギュッと掴んだ。

身体を強張《こわば》らせたところで、彼は潮が引くようにスッと愛撫をやめた。

何……？　なんなの？

ケイトリンは物足りなくて、身悶えした。後ろで衣擦れの音が聞こえてきたと思うと、秘裂に硬いものがあてがわれた。

「えっ……やぁ……っ」

それは、あまりにもいきなりだった。彼は己のものを挿入してきた。ケイトリンは身構えてはいなかったが、熱く潤んでいたそこは彼をすんなり受け入れてしまう。

後ろから入れられるなんて……！

ケイトリンは驚いた。こういうやり方もあるのだろう。初めて知ったものの、ケイトリンは心が冷えてくるのが判った。

まるで、わたしの顔なんか見たくないと言われているような気がして……。

彼はケイトリンの身体を利用して、ただ欲望を発散させているだけなのではないだろうか。

二人の関係が良好なときなら、こんなことは思わなかったかもしれない。しかし、喧嘩しているような状態で、彼は乱暴にケイトリンをベッドに連れ込んだ。愛撫もいつもほど丁寧なものではなかった。

だから、ケイトリンは彼の冷たさをこの行為に感じた。いつもならば、彼の優しさや思いやりを感じる行為であるのに。どんなに意地悪なことを言われても、それは決してケイトリンを嫌っているわけではなく、からかっているようなものだった。

でも……。

これは違うわ。

ケイトリンにはそう思えた。

愛されていなくても、せめて優しさは欲しい。それだけが心の支えだったのに、それも失っ

てしまうのだろうか。

それなら、どうして彼はわたしと結婚したの？

どうして、こんなに冷たくするの？

ケイトリンの口から、ひっきりなしに甘い声が洩れてしまっている。しかし、それでも、心はすっかり冷えていた。

身体のほうは彼が動くたびに感じてしまう。いつもと体勢が違うせいなのか、感じる場所も違う。奥のほうに彼のものが当たって、ケイトリンは思わず腰を揺らした。

「あぁっ……あん…ぁ」

さっきの熱が再び身体の芯に宿っている。ひどく淫らな気持ちになってしまい、身体をくねらせた。

結局、何もかも、ジェイクの思うとおりになっている。彼はなんでもできるのだろうか。

諦《あきら》めの気持ちがあるからなのか、快感に押し流されようとしている。もう止められない。身体の内部の熱が徐々に広がっていく。そうして、彼がぐっと奥まで貫いた。そのまま腰を押しつけられたとき、激しい快感がケイトリンの全身を突き抜けていった。

「あぁあっ……！」

いつしかケイトリンは力なくシーツに突っ伏していた。彼が身体を離すと、自分が崩れ落ちるような気がした。

いつもと同じように身体は感じたが、心は違う。ケイトリンは余韻に身を任せながらも、傷ついた心を持て余していた。彼はこんなやり方で抱くことで、ケイトリンを侮辱したような気がする。

今日の彼はケイトリンをただの物みたいに扱った。後ろから抱かれること自体は悪くない。いつもと違った感じがして、普通であれば、ケイトリンはただこんなやり方があるのかとだけ思っただろう。だが、今日の彼はわざとこうしたのだ。

それが情けなくて、惨《みじ》めで、そして悔しかった。

昨夜はベッドを追い出された。今夜は無理やり連れ込まれ、屈辱を与えられた。ケイトリンはどちらの場合も悲しかった。

「……すまなかった。今夜は……どうかしていた」

彼が謝ったのを聞いて、ケイトリンはなんとか身体を起こした。ひどく傷ついていて、今は目も合わせたくない。うつむきながら、まくり上げられていたペチコートを直した。

「わたし……あなたのことが判らない。あなたは何を望んでいるの？」

「私はただ……君を幸せにしてあげたいだけだ」

彼はそう言いながら、ケイトリンがどういったときに幸せを感じるのか、知らないのではないだろうか。

「それは、罪悪感からそう思っているのね。復讐のために利用したから」

「そう思ってもらっても構わない」

ケイトリンは急に疲れを感じた。彼は確かに新婚旅行中にはその役割を上手に果たしてくれた。もしかしたら、愛されているのではないかと、何度か勘違いしそうになったくらいだ。けれども、それはすべて幻想だった。

彼は意図的にすべて動いていたのだ。そもそも、彼は本当に優しい人だったのだろうか。

ネイサンとの結婚から救い出してくれたと感謝もしていたが、彼がそうしなければならない理由があったからだ。彼が優しいと思っていたのも、実は幻のようなものではなかったのかと、今は思ってしまう。

「もう……何も判らないわ。何が真実だったのかさえ……」

ただひとつ間違いないことは、彼がネイサンを憎み、復讐を企《たくら》んだということだけだ。ケイトリンとの結婚など、元々、彼は望んでもいなかったのだ。

ケイトリンは胸が重苦しかった。何故なら、彼をまだ愛しているからだ。

彼の隠された動機を知ったのに、まだ愛している。いや、愛されていないのは判っていたのだから、結局、同じことなのだ。しかし、希望があると勘違いしていたから、真実を知った今は、ひどくつらい。

「君は……ネイサンと話すべきではなかった」

「そうかもしれない……」

「あいつはもうすぐ完全に破滅する。そうしたら、私は祝いの酒を飲む。それで、復讐は完成だ」

ケイトリンは目を見開き、彼を見つめた。今の彼はとても暗い雰囲気を漂わせていた。

「もう復讐は終わったと思っていたわ。彼は破産寸前で、酒浸りだったわ。あそこまで落ちぶれているのに、まだ追いつめるつもりなの？」

「当たり前だ。ライナスは追いつめられて、命を絶った。それに比べたら、破産なんて……」

ケイトリンは恐ろしかった。自分が愛した人がそこまで考えているとは、思いたくなかった。

けれども、どうしても確かめずにはいられなかった。

ジェイクはふっと笑った。とても残酷そうな微笑みに見える。

「そうしてくれたら、どんなに気持ちが晴れるだろう」

「まさか……本気で言っているの？」

ケイトリンは彼の瞳の中を覗き込んだ。彼は見つめ返してきたが、彼の眼差しの中にちらりと後悔のようなものが過《よ》ぎった。

ほっとしたのも束の間、彼は言った。

「もちろん本気だ。ライナスのためには……」

「ライナスはそんなことを望んでないかもしれないわ」

彼は顔をしかめる。

「君はライナスのことを知らないだろう？」

「そうね……。でも、どんな人なのかは聞いたわ。わたし、ライナスは気が弱かったかもしれないけど、優しい人だったと思うの。自分がつらいことを一人で抱え込んでしまった。誰にも……あなたにも話せなくて……」

「やめるんだ！」

ケイトリンの想像を、彼は激しい口調で遮った。

「君は何も知らない。君は何も知らないんだ……！」

だから、もう何も言うなと、彼は言っているのだろう。

ケイトリンはベッドから下りて、絨毯《じゅうたん》の上に散らばっているドレスとコルセットを拾った。

彼はこちらにはもう目を向けていない。このまま、ここで寝ることは考えられない。けれども、黙って去っていったら、もう取り返しがつかないような気もした。

ケイトリンは静かに声をかけた。

「今夜は自分の部屋で寝るわ。でも……」

大きく息を吸う。ひどく頭が混乱している。上手《うま》くものが考えられればいいのに。

「明日は……ここで眠る予定よ。あなたと一緒に」

はっと、彼は顔を上げた。

目と目が合う。

ケイトリンは苦しかった。愛すれば苦しむものだ。けれども、彼との結婚生活のために視線を逸らさなかった。

ジェイクは何も言わず、ただそこに佇んでいた。

第五章　波乱の行方

ロンドンに戻ってから、二週間が過ぎ、ケイトリンはジェイクに伴われて、舞踏会に出席した。

新しく作ったドレスに身を包み、ケイトリンは幸せな妻に見えるように、顔に微笑みを貼りつけている。首にはダイヤモンドの素晴らしいネックレスがかけられていて、それはジェイクが贈ってくれたものだった。

けれども、ケイトリンにとって、それはただの装身具に過ぎない。愛を込められ、贈られたものではないからだ。実際、彼はただ箱に入ったものをケイトリンに差し出しただけで、自らケイトリンにつけようともしてくれなかった。

二人の結婚生活は、もはや幸せとは言えなくなっていた。

それでも、表面上は仲のいいふりをしている。ブレアやトリシアには心配をかけたくない。いや、他の誰にも、自分が不幸であるとは思われたくなかった。

わたしはプライドが高いのかしら……。

今までそんなふうに思ったことはなかった。ケイトリンは自分を低くみていることが多かったし、それが当たり前だと思っていたのだ。しかし、ジェイクとの関係に対しては、ケイトリンはやたらと頑《かたく》なな気持ちになっていた。

結局、先週の土曜日に、父の屋敷を二人で訪ねて、一緒に食事をした。ケイトリンがその前に父と話していたこともあって、和やかに会食は終わった。不思議なことに、父との関係のほうは不安がなくなっていた。

それは、父のほうが変わったからだ。心の整理がついたからなのだろう。後ろを振り返るより、前を向くことを、父は選択した。だから、ケイトリンもそうすることにしたのだ。

それが正しい選択だと、お互い判《わか》っている。今はまだ少し遠慮があるものの、これから何度も会ううちに、もっと自然な状態になるのかもしれない。

それにしても、ケイトリンが生まれてからずっと、長い期間、父とは疎遠だったのに、こんなふうに心を寄せ合うときが来るなんて思わなかった。

ジェイクとも、いつかこんな関係になれるだろうか。

ケイトリンには判らなかった。ネイサンがやってきたあの日から、同じベッドで眠っている。しかし、互いに背を向けて横たわるだけで、何もない。ケイトリンは彼が復讐心《ふくしゅうしん》に凝り固まっていることを快く思っていなかったし、彼のほうもケイトリンがそれを理解しないことに苛立っている。

それでも、彼はきっと義務感からケイトリンを幸せにしなくてはならないと思っているのだろうし、ケイトリンは彼をまだ愛している。たとえ、彼が利己的な理由でネイサンからケイトリンを奪い、その埋め合わせに結婚したということを知っても、やはり彼を愛しているし、このまま彼を支えていかなくてはならないと思っていた。

こんなにぎこちなくなっているのに、二人は人前では幸せそうに振る舞っているのだから、おかしなものだ。もっとも、彼はいつも帰りが遅いから、ごまかせているだけだ。始終傍にいたら、ブレアかトリシアが気づいたに違いない。

ともあれ、今夜は舞踏会だ。ケイトリンはジェイクにエスコートされ、ブレア、トリシアと共に舞踏会の会場となる屋敷に着いた。

主催の夫妻に招待してくれたお礼を言い、舞踏室に移動する。たくさんの着飾った人々が集まっていて、天井や壁にはシャンデリアが輝いていた。ケイトリンはジェイクに連れられて、彼の知り合いに挨拶をして回った。

ケイトリンは彼のよき妻として、にっこり微笑みながら、彼につき従っている。大概の人は、新婚である二人を祝福してくれるのだが、中にはとても意地悪な目を向けてくる人もいて、ケイトリンは居心地の悪い思いをした。

特に、ジェイクがよそ見しているときなどに、若い女性がちくりと嫌味を言ってくるのだ。

「あなたは飽きられないように努力したほうがいいわよ。伯爵様はもっと成熟した女性がお好みですもの」

最初はそういった言葉を、優しい忠告なのだと勘違いしていたが、どうやらジェイクの妻となったケイトリンに嫉妬するあまり、そんな意地悪なことを口にしているようだった。

ジェイクは若くて容姿端麗な独身の伯爵で、資産家でもあったのだ。ケイトリンは独身の若い娘として、社交界にデビューする前に彼と出会ったので、あまり気がつかなかったが、彼は独身女性の憧れの的だったらしい。彼の花嫁になりたいと願っていた女性は多かったらしく、彼女達にしてみれば、横からケイトリンが彼を奪い取ったように見えているのだという。

ケイトリンにしてみれば、彼との出会いから結婚までは、まるで嵐のようだった。立ち止まって考える暇もなく、ケイトリンは彼に攫《さら》われてしまったのだった。

もっとも、彼の目的は別のところにあったのだが。

「ケイトリン、踊ろうか」

彼はダンスに誘ってきた。ワルツの音楽が流れてきて、ケイトリンは彼と初めて会ったときのことを思い出してしまった。彼も同じだったらしく、微笑んだ。

「最初に会ったときにも、ワルツを踊ったね」

もうずっと前のことのような気がする。ケイトリンはあれから急速に変わっていったのだ。彼と出会った瞬間から、ケイトリンの運命は変わり始めた。

ケイトリンは踊りながら、彼の目をじっと見つめていた。

初めて彼と踊ったときのときめきを思い出す。あの後、ネイサンのことで泣いていた自分を、彼は抱き締めてキスをしてくれたのだ。

でも、それは彼にとって、ネイサンへの復讐の一環だったんだわ……。

ケイトリンにとっては、初めての恋の始まりだったというのに。

大事な思い出は、彼の意図を知ったことで汚されていた。これが片想いだということは、彼への愛を自覚したときにはすでに判っていたが、それでも彼が自分を可哀想に思って、あのときキスをしてくれたのだと思っていたのだ。

まさか、復讐だけが目的だったなんて、思いもつかなかった！

ケイトリンは完全に騙されていた。もし、ケイトリンが彼を愛していなければ、彼の意図を知ったことで、こんなに傷ついてはいなかっただろう。

「どうして、そんなに悲しげな顔をするんだ？」

彼はケイトリンに尋ねた。

「あなたが、わざわざあの舞踏会のことを思い出させるからよ」

「まさか君はネイサンのことがまだ……」

「違うわ」

ケイトリンがまだネイサンに傷つけられたことを気にしていると、本気で思っているのだろうか。ネイサンのことなどどうでもいいのに。

「あなたはあのとき復讐の相手のことを考えながら、わたしと踊っていたんでしょう？　わたしはそれに何も気づかなかった。馬鹿みたい。あの後のことも……」

ケイトリンはそこで話すのをやめた。自分が愚痴を言っているように思えたからだ。こんなことで責めたとして、なんになるのだろう。自分が惨《みじ》めになるだけだ。だが、彼はその先を続けるように促した。

「あの後のことも馬鹿みたいだと思っている？」

「そうね……。あなたのことを親切な人だと思い込んでいたから」

彼を責めても、もうなんの意味もない。判っているのに、心の中がモヤモヤする。だから、思い出させてほしくなかったのだ。

「……悪かった。言わなければよかったな。最初のダンスの話は」

ケイトリンはぎこちなく笑った。

「いいえ。わたしこそ……ごめんなさい。小さなことに目くじらを立てたりして」

そう。彼を愛していなければ、こんなことにこだわったりしない。

苦しいのは、やはり愛のせいなのだ。そして、愛していなければ、彼との仲もこれほど気まずくなってはいないだろう。

二人はずっと人前で演技している。ケイトリンはそれもつらかった。元のように戻りたいと思うが、彼の本心を知った今では、どうしても戻れない。けれども、あからさまに、彼を避けることもできなかった。

だって、彼の顔も見られなくなったら、どうするの？

それに、彼が表面上の役割も拒否するようになったとしたら、どうなるだろう。もし、彼が外で別の女性と付き合うようになってしまったら……。

そんなことは、耐えられない。どんなによそよそしくても、ぎこちなくても、ケイトリンは彼に傍《そば》にいてほしかった。どんなに苦しくても我慢するから、彼の傍にいさせてほしい。

こんな自分と暮らすなんて、彼には迷惑な話だろう。少なくとも、普通に一緒に暮らしていける花嫁をもらったと思っていたはずだから。

こんなことが続けば、彼もきっと嫌になる。実際、彼はいつも夜中まで帰ってこない。彼がそんな時間まで、どこで何をしているのか、ケイトリンには判らなかった。

いつまでも、このままではいられないわ……。

ケイトリンは顔を上げ、彼を見つめた。

「わたし、あなたにいろんなことを求めすぎていたのかもしれないわ」

「いろんなこととは？」

たとえば、愛情とか、そうでなければ好意とか。彼が優しく接してくれたからこそ、いつの間にか欲張りになってしまっていたのだ。彼が与えてくれるものだけを、喜んで受け取ればよかっただけなのに。

「あなたは白馬の王子様みたいにわたしを救って、結婚してくれた。だから、夢見ていたのね。『王子様と王女様はずっと仲良く暮らしました』という物語の終わりを」

ケイトリンはジェイクにプロポーズされたとき、そこまでは考えていなかった。いや、自分がそんなことを本気で夢見ていたことに気づかなかった。もちろん、幸せになりたいとは思っていたし、愛し合う関係になりたいという希望は持っていた。だが、それが実現するとは、思っていなかったつもりだった。

でも……本当は心の奥で願っていた。震えるほどに、彼の愛が欲しかった。

愛されたくないとも思ったことがあった。だけど、それは決して本心じゃなかった。

だから、彼の態度が少し変わっただけで、動揺してしまった。そして、彼がネイサンへの復讐が目的で、自分に近づき、誘惑したのだと判ったとき、ひどく心が傷つけられてしまったのだ。

「ケイトリン……。私は前に、君を幸せにしたいと言った。今も同じ気持ちだ」

「ありがとう」

ケイトリンは微笑んだ。

たとえ、罪悪感からそう言ってくれるのだとしても、精一杯の感謝をしよう。それ以上のことを求めてはいけない。求めれば求めるほど、不幸になるだけだ。彼がくれるものだけを、ありがたく受け取り、なんの批判もしてはならない。

たとえ、彼の心が復讐でいっぱいだったとしても。

せめて、この他人行儀になってしまった関係をどうにかしよう。ケイトリンはそう思い立ち、音楽が終わったときに、彼の腕にそっと手を絡ませた。

「ねえ……庭を散歩しない？」

彼は驚いたように目を見開いたが、すぐに温かい微笑みを浮かべた。

「ああ、そうだね。でも、まだ友人と話をしなくてはならないんだ。しばらくしたら、君を迎えにいくよ」

「じゃあ、わたしはブレアのところにいるわね」

ケイトリンはジェイクと別れて、ブレアが座っている部屋の隅へ行こうとしたが、ふと振り返った。ジェイクが人込みをかき分けて進んでいる。ところが、横から女性に声をかけられて、彼はそちらを向いた。彼らは向かい合って、話を始めた。

あれは……プレストン夫人だわ。

艶やかなドレスを身に着けている彼女は、今夜もとても美しかった。彼らは古い知り合いだと言っていたし、別に話していることは不思議ではない。けれども、彼女があまりに美しいから、ひどく胸騒ぎがするのだ。

ケイトリンが二人から目を離せないでいると、横から声をかけられた。

「ねえ、あの人のこと、気になるんでしょう？」

ビクッとして、そちらを見ると、メグが意地悪そうな笑みを浮かべて、立っていた。手にしている扇をふわふわと動かしながら、楽しそうに話しかけてきた。

「教えてあげるわ。あの人はアンバー・プレストン。未亡人なのよ」

「未亡人なの……？」

プレストン夫人と呼ばれていたから、てっきり既婚者かと思っていた。未亡人で、財産があるのなら、独身の娘より気楽な立場だ。比較的、自由に行動できるので、男性と恋愛を楽しむ女性もいると聞いた。

なんだか嫌な予感がするわ……。

そういう女性がジェイクと親しげにしているところを見たくなかった。それ以前に、メグから嫌な話を聞かされたくない。

しかし、メグは更に話を続けた。

「しかも、昔、あなたの伯爵様の婚約者だった人よ」

婚約者……！

だとしたら、ブレアやトリシアが彼女に眉をひそめ、ケイトリンを気遣うような発言していたのも判る。

でも、本当なの？

ケイトリンは愕然《がくぜん》としながらも、メグの顔を凝視した。彼女は昔からケイトリンを苛《いじ》めるのが好きだった。今回もわざと嫌なことを吹き込んで、ケイトリンが狼狽《うろた》えるのを楽しんでいるだけなのかもしれない。

「嘘《うそ》よ……婚約者なんて……」

「本当よ。伯爵のお父様がとんでもない負債を抱えて亡くなったとき、二人は別れて、彼女は別の人と結婚したらしいわ。でも、二人とも、あのときの気持ちはまだ残っているかもしれないわね。向こうは未亡人だし、ひょっとしたら、今は彼の愛人だったりして」

メグはニヤリと笑った。

「ジェイクはそんな人じゃないわ！」

彼はついさっき、ケイトリンを幸せにしたいと言っていた。そんな彼が愛人を持っているはずがない。

だけど……ここしばらく、わたし達は同じベッドで寝ていたけど、そういう関係ではなかったわ。

新婚旅行中は毎晩、それも一度では済まないときもあった。あれほど情熱的に求めてきたというのに、ロンドンに戻ってきてからは、それほどでもない。

それに、彼はいつも遅く帰ってきて、ケイトリンの隣に黙って身体を横たえるだけだ。仕事だと言っていたが、もし愛人と会っていたのなら、帰ってきてから、わざわざ愛してもいない妻など抱く気にもならなかっただろう。

ケイトリンの心にいろんな疑念が噴き出してくる。

「彼女、あなたの結婚披露宴にいたわね？　伯爵が招待したの？」

「そ、そんなことないわ。招待客のパートナーとして出席していただけで……」

「そう？　でも、わたしだけじゃなく、他の招待客もみんな気づいていたわね。花婿の昔の婚約者が結婚披露宴に紛れ込んでいるって。彼女だって、わざわざ恥をかくために来たわけじゃないから、やっぱり二人の仲は続いているんじゃないの？　きっと自信があるのよ。結婚しても、彼はわたしのものだって。態度でみんなに示したのよ」

よくない想像ばかりが頭に浮かぶ、メグはわざとケイトリンが惨めな気持ちになるように、横で煽り続けているのだ。

ケイトリンはメグになんとか反論した。

「二人がそういう関係にあるのなら、さっさと結婚すればよかったじゃないの。でも、ジェイクが結婚したのは、わたしだわ」

ケイトリンはそう言いながらも、彼が自分と結婚した理由はよく判っている。彼は何よりもネイサンへの復讐が大事なのだ。そのため、ケイトリンを利用することも躊躇《ためら》わなかったし、その責任を取って、ケイトリンと結婚することになった。

だが、愛情はプレストン夫人のものなのかもしれない……。

ケイトリンははっきりそうではないと言い切れなかった。今まである程度、ジェイクのことは判っているつもりだった。少なくとも高潔で優しい人だとは思っていたのだ。しかし、彼は復讐を第一に考える人だった。

彼が愛人を持つことがあり得ないとは、もう言えないのではないだろうか。

いくらケイトリンを幸せにすると誓っていたとしても、愛情は止められるものではない。

メグはふふんと鼻で笑った。

「未亡人と結婚しないのは、いろんな理由があるんじゃないかしら。男性には子供を産ませるためだけに、無垢な若い娘と結婚したがる人も多いらしいし」

「そんなの……わたし、信じないわ」

声が震えている。ケイトリンは動揺して、泣きそうになっていた。

もし、本当に彼がかつての婚約者を愛しているのなら、わたしはどうすればいいのかしら。

ケイトリンはジェイクのほうを見た。まだ、あのプレストン夫人と話している。彼は自分と話すより、彼女と話すほうがいいのかもしれない。そんなことを考えてしまう。

「伯爵があなたなんかと結婚するなんて、最初からおかしいと思っていたのよ」

メグは軽蔑の眼差しで、ケイトリンを見た。

ふと、ケイトリンはいつものメグの術中にはまっていたことに気づく。彼女はいつでもケイトリンに意地悪をするし、それに動揺している自分を見て楽しむのだ。小さい頃から何度もされたことなのに、また引っかかってしまった。

もちろん、ジェイクやプレストン夫人のことは、ケイトリンの弱点なのだが、そこを突かれて、冷静さを失い、子供の頃のような不安な気持ちに戻っていた。

ケイトリンはなんとか息を整えて、メグに尋ねた。

「お姉様はどうしてわたしにそんなことを言うの？　わたしが苦しんでいるのを見て、面白がっているの？」

「あら、やだ。わたしはあなたのためを思って、忠告してあげているだけじゃないの。誰かがあなたに教えてあげなくてはね。愛しの伯爵様にはあんなに美しい愛人がいるんだって。だから、あなたなんて、すぐ飽きられるわ。まあ、跡継ぎを産むのね。そうすれば、少しは伯爵に感謝してもらえるわ」

メグの話を聞いていると、次第に怒りが込み上げてくる。メグの言うことは、ひょっとしたら真実かもしれない。しかし、彼女がわざとケイトリンを傷つけようとしていることは確かだった。

「お姉様はいつもそうね。わたしに嫌味を言うのが生き甲斐なの？　他にはなんの楽しみもないのね？」

突然のケイトリンの反撃に、メグは狼狽《うろた》えた。今までケイトリンはメグにどんな意地悪をされても、黙って耐えてきたからだ。

「な、何を言うの？　ケイトリン、わたしは姉として……」

「姉なら、何を言ってもいいの？　お姉様には優しい心がないの？　わたしを傷つけて、そんなに楽しいの？」

「あなたこそ……あなたが生まれてきたから、お母様が亡くなったのよ！　全部、あなたのせいよ！　わたしはあなたに何を言ってもいい権利があるわ！」

　メグは子供のときから同じことを繰り返しケイトリンに言った。その度に、ケイトリンは何も言い返せず、泣くだけだった。実際、母が亡くなったのは、自分のせいだと思っていたのだ。自分が生まれてきたから、母がこの世を去る羽目になったのだと。

だけど、メグだって、もう判っているはずだわ。わたしのせいではないと。判っていても、傷つけたいときは、同じことを言うのよ。

　ケイトリンはじっとメグを見つめた。

「な、何よ。どうしてそんな目で見るの？　お父様だって、お兄様だって、そう思っているわ。だから、ずっと二人に無視されていたんでしょう？」

　ケイトリンの心の一部が、少し痛んだ。以前のことを思い出したからだ。だが、今は二人ともそうではない。

「わたし、お父様ともお兄様とも、ちゃんと話せるようになったわ。もう、昔とは違うのよ」

「なんですって？　わたし、そんなこと聞いてないわよ！」

　メグはムッとしている。ケイトリンはいつも自分を責めるメグが苦手だった。だから、結婚してから今まで、連絡を取らなかったのだが、結果的に家族の中でメグだけを除け者にすることになってしまった。

「何よ、じゃあ、お父様もお兄様もあなたの味方になってしまったのね！」

その子供っぽい言い方を聞いて、ケイトリンは不意におかしくなった。メグは四歳年上で、子供のときのケイトリンからすると、自分の上に君臨する女王のようだった。彼女から厳しいことを言われると、それだけで涙が出てくる。その記憶が残っていたため、今もそんなふうにメグを思っていたが、どうも違っていたらしい。

ケイトリンは寄宿学校に入ってきたばかりの甘やかされた子供達のことを思い出していた。あそこまでひどくはないが、メグは厳しく躾《しつ》けられるような体験をしていない。ケイトリンは逆に姉のような気分になっていた。

「お姉様の知らないことがあるのよ。いつか、みんなで食事をしましょう。きっと、お姉様にもお父様が教えてくださるわ」

「一体、なんのこと……？」

メグは顔をしかめた。彼女の興味はケイトリンを苛めることより、家族の秘密のことに移ったようだった。

「ごめんなさい。わたしから言うことではないの。お父様に訊《き》いてみるといいわ」

メグは不機嫌な気分を露《あら》わにして、ぷいとよそへ行ってしまった。

ケイトリンはほっとした。彼女にずっとジェイクとプレストン夫人の話をされていたら、何もないことでも、真実のように思い込んでしまうところだった。

ジェイクはプレストン夫人とまだ話し込んでいる。彼女はジェイクの腕に触れている。ケイトリンの胸に強烈な嫉妬心が湧き起こる。彼女は披露宴のときも、同じような仕草をしていなかっただろうか。それが彼女の癖なのかもしれないが、ケイトリンは不愉快だった。

「あら、ケイトリン。一人でどうしたの？」

トリシアがどこかの男性と共に通りかかった。ダンスを終えたばかりなのだろう。彼女の頬《ほお》は上気していた。男性はトリシアと別れ、別の女性をダンスに誘いにいった。

「お兄様はどこに行ったの？　新婚なんだから、もっと二人で踊ればいいのに」

「あの……ジェイクは挨拶する人がいるからって……」

何気ない表情を作ろうとしたが、上手くいかなかった。トリシアはケイトリンが見ている方向に目をやり、顔をしかめる。

「やだ。また、あの人……。ケイトリン、気にしないで。なんでもないのよ」

トリシアは慌ててケイトリンを気遣った。

「さっき、姉に聞いたの。彼女はジェイクの昔の婚約者だったって……」

「ああ……そうなの。結局、誰かがあなたの耳に入れたに違いないわね。彼女は確かにそうだったけど、うちに多額の負債があると判ったら、さっさと婚約破棄したのよ。お兄様だって、あんな人、もう全然興味ないに決まっているわ！」

トリシアはそう言うが、彼女はその頃、まだ子供だったのではないだろうか。当時、二人の間でどんな話があったのは、判らないだろう。たとえば、ジェイクのほうから身を引いたとも考えられる。

だとしたら、二人の恋の炎は、プレストン夫人が未亡人となったときに、また燃え上がったかもしれない。ケイトリンは二人が抱き合うところを想像して、胸が焼けつくように痛くなってしまった。

プレストン夫人が少し笑いながら何か言う。ジェイクがそれに答えて、二人は何故か連れ立って、どこかへ移動していく。

ケイトリンは愕然とした。

どうして？　二人でどこへ行こうとしているの？

二人は大広間を出ていった。ケイトリンの頭に浮かんだのは、ネイサンのことだった。ネイサンは自分の愛人をホワイト邸の書斎に連れ込んで、淫らなことをしようとしていた。まさかジェイクがそんなことをするわけがない。

でも……。

昔の婚約者と二人きりで、なんの話をすると言うの？

トリシアも驚いていたが、我に返って、ケイトリンを慰めようとした。

「きっと、何か用事があったのよ。わ、わたし、確かめてくるわ！　あなたも行く？」

　追いかけていって、もし二人が抱き合ったり、キスしているところを見てしまったら、もうケイトリンは立ち直れなくなる。ネイサンの場合はただ傷つけられただけだった。けれども、もしあれがジェイクだったら、傷つくだけでは済まない。これから一生、泣いて暮らすしか、生きていく方法がないだろう。

「やめて……トリシア。きっと、大したことじゃないのよ」

「でも……」

「本当にいいの。わたしは平気よ。彼を信じているから」

　ケイトリンは自分が信じてもいないことを、トリシアに言った。口に出して言えば、それが本当になるかのように。

「そ……そうね。お兄様はそんな変なことをするはずがないもの。でも、顔色が悪いわ。わたし、何か飲み物を持ってきてあげましょうか？」

「ええ。お願い」

　ケイトリンが頷《うなず》くと、トリシアは飲み物を取りにいった。

　その後ろ姿を見ながら、涙が出てきそうになる。こんなところをメグに見られたら、また馬鹿にされるに決まっている。

　ああ、でも、もう耐えられない！

ケイトリンは大広間を飛び出した。だからといって、あの二人の行方など知りたくない。そのまま玄関のホールへ向かう。そこにいた従僕に、オルフォード伯爵の馬車を呼んでくれるように頼んだ。

幸い、それほど待つことなく馬車が屋敷の前までやってきた。御者はケイトリンが一人で待っていたことに驚いていた。

「どうなさったんですか？　奥様……」

「気分が悪いの。一度、わたしだけ連れ帰って」

もちろん、御者はまたここへ来なくてはならない。伯爵邸はあまり遠くないとはいえ、二度手間になる。悪いとは思うが、一台の馬車で来たのだから仕方なかった。ケイトリンは従僕に、ジェイクへの言付けを頼み、馬車に乗り込んだ。

一人で帰ったところで、帰る場所は同じだ。屋敷に戻ったら、自分の部屋に閉じこもろう。気分が悪いと言えば、少なくとも明日の朝まではジェイクの顔を見ずに済む。

トリシアは、ジェイクに文句を言うだろう。ケイトリンが傷つき、一人で帰ってしまったのは、ジェイクがプレストン夫人とどこかへ行ってしまったからだと。

ジェイクはケイトリンに何か言い訳するのだろうか。それをケイトリンは信じることができるのか。もう、何も判らない。メグが毒を吹き込まなければ、ケイトリンもここまで過剰な反応をしなかったかもしれない。しかし、嫉妬心はどうにもならないものだ。理性的になんか、絶対になれなかった。

馬車はすぐに伯爵邸に着いた。ケイトリンが降りると、また御者は舞踏会が行われている屋敷へと馬車を向ける。

執事はきっと驚くだろう。ケイトリンはそう思いながら、玄関へ向かう。玄関前は灯《あか》りがついていた。

そのとき、突然、暗がりから誰かが飛び出してきた。ケイトリンは小さな悲鳴を上げたが、それが誰だかすぐに気がついた。

「ネイサン……！」

彼はこの間会ったときよりずっと、薄汚れた格好をしていた。髪もボサボサで乱れていて、酒の匂いをさせている。今の彼はとても貴族には見えなかった。サットン子爵と呼ばれていた頃の彼とは、何もかも違う。

ジェイクの復讐はきっと成功したに違いない。彼は何もかも失い、ジェイクに恨みを抱いているようだった。

「ネイサン……ジェイクはまだ帰ってないわ」

彼はギラギラ光る異様な目つきで、ケイトリンを睨《にら》みつけた。

「あいつをやるつもりだったが、君でもいい」

「えっ……」

彼は懐を探り、そこから銃を取り出した。ケイトリンは目を見開き、それを見つめる。一瞬、自分の視界に入るものが、間違いではないかと思った。そんなはずがない。ネイサンが自分に銃を向けているなんて、あり得ない。

だが、確かにそれは銃だった。銃口はまっすぐこちらに向けられている。

「待って！　ネイサン、本気じゃないでしょう？」

「いや、本気だ。あいつに復讐されたんだ。そのことで、僕があいつに復讐したっていいと思わないか？」

彼はケイトリンににじり寄ってきた。ケイトリンの脚は震えていたが、彼に近づいてほしくない。離れていれば、銃の弾は当たらないことがある。しかし、近くで発砲されたら、確実に死ぬだろう。

震える脚を動かし、じりじりと屋敷のほうへと近づく。あの扉から誰か出てこないだろうか。だが、ここで大声を出したら、絶対に発砲されてしまう。

ああ、どうしたらいいの……？

一人で帰るなんて、無謀な真似はやめればよかった。しかし、二人で帰れば、ジェイクが標的にされたのは間違いない。

それは……いや！

ケイトリンはジェイクに危害を加えられたくなかった。彼が負傷するのも嫌だが、もし彼の命がなくなったとしたら……。

そんなことには耐えられない。

ケイトリンも銃で撃たれたくはなかったが、それでもジェイクが撃たれるよりはいい。ジェイクが死んで、一人残されるくらいなら、いっそ自分の命がなくなるほうがずっといい。

単発銃だから、一発撃てば、屋敷にいる誰かが出てきて、きっと誰も犠牲にならない。運がよければネイサンは捕まって、監獄に行く。そうなれば、ジェイクの命は無事だ。たとえ捕まらなかったとしても、ネイサンは海外へ逃げようとするはずだ。

銃で撃たれたら痛いだろう。痛いだけでは済まないことも判っている。

でも……。

ケイトリンの脳裏に、ジェイクとプレストン夫人が連れ立って、大広間から消えていく場面が浮かんだ。

もし、彼があの人を愛しているのなら、わたしなんかが死んだって、どうだっていいことだわ。

もちろん彼は真面目だから、心を痛めるだろうが、だからといって、彼が死ぬまで喪に服すこともない。やっと普通の関係になれた父やジョージ、それからブレアやトリシアのことを思い出す。犯人がネイサンだと知れば、父は傷つくかもしれない。

だけど、ジェイクを死なせるくらいなら、わたしが撃たれたほうがいいの……。

それに、ネイサンの眼差しは常軌を逸している。彼はジェイクが帰ってくるまで待てないのだ。ケイトリンを撃つことに決めたようで、こちらに徐々に近づいてきた。

「ネイサン……考え直して。もしわたしを撃ったりしたら、監獄行きになるわ」

「もう、なんだっていいんだ。僕は何もかも失った。あいつにも絶望を味わわせてやる。自分のせいで妻が死んだと判ったら、どんな顔をするんだろうな」

彼は震える声で笑った。

「ジェイクは傷つかないわ……。あの人には他に愛している人がいるもの」

それが真実かどうか判らないが、できればネイサンに思い留まってほしくて、そう言ってみる。だが、彼は信じなかった。

「嘘ばかり言うな。もしそうだとしても……もうどうだっていい」

彼は本気だ。ケイトリンはたまらず悲鳴のような声を上げた。

「やめて！　こっちに来ないで！」

そのとき、玄関の扉が開いた。ケイトリンははっとそちらを見る。執事が扉を開けて、驚いている。

「奥様！」

ケイトリンは咄嗟《とっさ》にそちらに逃げようとしたが、同時に発砲された音が辺りに響いた。

身体に衝撃と焼けつくような痛みを感じ、ケイトリンは倒れた。

どこかを撃たれたようだが、どこなのか判らない。

「奥様！　しっかりしてください！」

ネイサンはどこかへ走り去っていく。

「待っ……」

彼を捕まえなくてはならないのに。誰がネイサンを捕まえて！　ジェイクのために！

身体のどこかが痛くてたまらない。それと共に、視界が暗くなり、そのままケイトリンは何も判らなくなっていった。


ジェイクはアンバー・プレストンの話に耳を傾けた自分が愚かだったと思った。

舞踏会で彼女に捕まり、資産の運用に困っていると打ち明けられた。彼女がどうして急にそんなことを言い出したのか判らないが、昔は婚約までした仲だ。それなら少しくらい話を聞いてやろうと思ったのだ。改めて別の日に会うことも考えたが、わざわざそんなことまでして、彼女に関わりたくはないからだ。

そんなわけで、書斎で少し話をすれば、彼女の気が済むと思ったのだ。だが、二人きりになったら、いきなり抱きつかれ、キスを迫られた。

アンバーは夫の喪が明けたばかりで、遊び相手を探していたらしい。だからといって、新婚のジェイクに狙いを定めるなんてどうかしている。しかし、アンバーはジェイクが今でも自分のことを好きだと思っていたらしい。父の負債額を聞いて、すぐに彼女のほうから婚約を破棄したというのに、そんな不実な女に好意など抱いているわけがない。

しかも、彼女がプレストンと結婚したのは、婚約破棄の一ヵ月後だった。あまりにも早い心変わりに、ジェイクは驚いたが、だからといって、それほど傷ついたりはしなかった。そんな暇もないほど、家族のために必死で働いていたし、結局、ジェイクも彼女の美しい顔にだけ惹《ひ》かれていただけだったからだ。ちょうどアンバーが伯爵夫人になりたいから婚約したのと同じように。

そういえば、結婚披露宴で招待客に同伴されて現れた彼女は、おかしなことを言っていた。『もう少し待ってくれればよかったのに』と。

あのとき、なんの話か判らなかったが、自分の喪が明けるのをどうして待っていてくれなかったのかと責めていたのだ。結局、彼女はまた伯爵夫人になりたくなっていたのかもしれない。ジェイクからすると、ぞっとする話だが。

もしケイトリンに出会わなければ、アンバーとそういう関係になっていただろうか。いや、そんなことはない。結婚相手に、かつて自分を裏切った女性を選ぶはずがない。愛人にもしたくはない。若いときとは違って、美しい女性が中身も美しいとは限らないことはよく判っている。それはアンバー自身が教えてくれたことなのだ。

ともあれ、ジェイクは抱きついてきたアンバーを拒絶して、二度と近づくなと警告してから書斎を出た。そして、大広間に戻ろうとしていると、トリシアがものすごい形相でやってきた。

「お兄様！　どういうつもりなの！　あの女とどこにいらしていたの？」

トリシアはどうやら二人で大広間を出ていくところを見ていたらしい。ジェイクは溜息《ためいき》をつく。

「変な想像はするな。私は結婚しているんだぞ。書斎で投資の相談に乗るはずだったが、いきなり迫られたから出てきたんだ」

「まあ、そうなの……。でも、ケイトリンは真っ青になっていたわ。わたしが飲み物を取りにいった間に、いなくなっちゃったんだけど……」

ジェイクは顔をしかめた。どうやら、ケイトリンにも見られて、おまけに誤解されたらしい。やはり、アンバーに親しげに振る舞われても、足を止めてはいけなかったのだ。

「いなくなった？　どこかで休憩しているんじゃないのか？」

「いないのよ。外かしら」

「そういえば、庭を散歩する約束だった」

トリシアと共に、庭に行こうとしていると、この屋敷の従僕に声をかけられた。

「オルフォード伯爵閣下ですね。伯爵夫人から伝言です。気分が悪いから先に帰ると」

「一人で帰ったのか？」

「はい、さっき伯爵夫人を乗せた馬車がこちらに戻って参りましたが」

「それなら、その馬車を玄関前に呼んでくれ。トリシア、私は先に帰る。馬車はまたこちらに戻らせるから」

今すぐ誤解を解かなくてはならない。二人はしばらくの間、ぎこちなくなっていた。だが、やはり今のような状態はよくないし、彼女もそう思っていたはずだ。だから、ダンスの後、庭へ行こうと誘ってきたのだ。

それなのに、アンバーの話に耳を傾けたばかりに、傷つける羽目になってしまった。

ジェイクは馬車に乗り込んだ。彼女はきっと部屋に閉じこもっているだろう。ひょっとしたら、鍵までかけているかもしれない。それでも、なんとか扉を開けさせよう。彼女が降参するまで扉を叩き続ければ、なんとかなる。

とにかく、それに望みをかけるしかない。

ジェイクは彼女を幸せにすると誓った。このままでは、誓いを守れない。新婚旅行中の彼女はとても幸せそうにしていたのに。もう一度、あのときの二人を取り戻そう。

そのためには、どうすればいいのだろう。

まず、仕事を減らそう。本当はそれほど自分が仕事をしなくてもいいのだ。優秀な部下はたくさんいる。だが、躍起《やっき》になって金儲《かねもう》けする癖がついてしまったし、彼女に心を揺さぶられないようにするために、なるべくたくさん仕事をしていたのだ。

だが、思惑とは違い、まるで上手くいっていない。ケイトリンの幸せが第一のはずなのに、彼女は幸せそうには見えない。つまり、自分のやり方は完全に間違っていたということだ。もしライナスのことがなければ、ジェイクは彼女を愛しているということを、大っぴらにしただろう。彼女は誰にも愛されずに育ってきた。だから、自分に愛されているということを、本当は伝えたかった。

しかし、どうしても、彼女に愛を打ち明けるわけにはいかない。ライナスの死には責任を感じているのだ。死んだライナスを差し置いて、幸せにはなるわけにはいかない。彼女に愛を伝えれば、必ずしもジェイクが幸せになれるわけではない。だが、その可能性はあった。

ひょっとしたら……彼女は私を愛しているんじゃないだろうか。

そうならないように気をつけていたつもりだが、彼女を幸せにしようと努力した結果、そうなってしまったような気がする。

相思相愛。それは嬉しいことだが、やはりよくない。ジェイクは彼女の愛を拒絶しなくてはならない。けれども、拒絶すれば、彼女は幸せになれないだろう。

ああ、どうすれば……！

やがて、伯爵邸に着いた。ジェイクはすぐに降りて、屋敷に向かおうとしたが、足を止めた。誰かが倒れている。ジェイクは全身の血が凍るような気がした。

執事や家政婦がおろおろしながら、呼びかけている。

「奥様！　しっかりしてください！」

「大丈夫ですか！　奥様！」

倒れているのはケイトリンだ。ジェイクは駆け出し、彼女に近づいた。彼女のドレスの脇腹には血が広がっている。

なんてことだ！　一体、何があったんだ！

執事はすぐにジェイクに気がついた。

「ああ、伯爵様！　奥様が銃で撃たれてしまわれて……」

血の気が引く。ジェイクはショックのあまり、倒れそうになった。いや、ここで倒れるわけにはいかない。

「ケイトリン！」

ジェイクはなんとか脚を動かし、震える手でケイトリンを抱き起こした。そっとその白い顔に触れてみる。とても冷たくなっている。そして、ぐったりしている。だが、まだ息をしていることは判った。

「医者を呼べ！　大至急だ！」

「はい！」

執事はまだそこに停《と》まっている馬車に従僕を乗せて、医者を迎えにやった。ジェイクはケイトリンを抱き上げて、屋敷に向かう。

「誰が彼女をこんな目に遭わせたんだ?」

ジェイクは執事に尋ねた。

「それが……あれは恐らくサットン子爵でした。みすぼらしい格好でしたが」

「あいつがケイトリンを……!」

そうだった。それくらいする男だったのだ。どうして、こうなることを思いつかなかったのだろう。

「奥様が撃たれたとき、私はちょうど悲鳴を聞きつけて、玄関の扉を開けたところでした。あの男は発砲した後、すぐに逃げていきました」

「くそっ」

ジェイクは腹立たしくて仕方なかった。ケイトリンが助からないなんてことは考えたくない。しかし、もしそんなことになったら、絶対にネイサンを許しはしない。この手でなぶり殺しにしてやる。

「警察にも知らせてくれ。捕まえないと、私を含めて家族全員が標的になる可能性がある」

執事はさっと青ざめた。家族だけではなく、間違って使用人にも危険が及ぶかもしれない。きっとそう思ったのかもしれない。誰だって、銃で撃たれるのは怖いものだ。

「すぐに知らせをやりますので。伯爵様……私達は奥様を撃ったあの男が早く捕まることを祈っています」

「……ありがとう」

ケイトリンは使用人にも優しいので、みんなに好かれている。

そうだ。彼女ほど伯爵夫人にふさわしい女性はいない。彼女は自分に自信がないようだったが、それは間違っている。彼女は美しく清楚《せいそ》で、優しい笑顔を誰にでも見せるのだ。あんなにもみんなに愛されているのに、それに気づいていないし、驕《おご》り高ぶることもない。素晴らしい女性だ。

それなのに……！

よりによって、ケイトリンが犠牲になるなんて。

ジェイクはケイトリンの部屋のベッドに、彼女を寝かせた。顔色が青白い。血の気が感じられなくて、ぞっとする。

ああ、神よ……。どうぞ、彼女の命を助けてください！

ジェイクはライナスの復讐をすることに躊躇《ため》いを覚えなかったし、後悔などしていなかった。けれども、今このとき、ジェイクは後悔していた。ネイサンから、すべてを奪ってはいけなかったのだ。追いつめすぎたから、自暴自棄になって、恨みを晴らすために襲ってきたのだ。

どうしてネイサンはジェイクを襲わなかったのだろうか。先にケイトリンが帰ってきたから、彼女を傷つけることで、満足しようとしていたのか。

それとも……。

ネイサンは気づいていたのかもしれない。ジェイクは自分が傷つけられるより、彼女を傷つけられたくないのだと。

結局、復讐の復讐をされたのだ。悔やんでも悔やみきれない。

「ケイトリン……！」

ジェイクは何度も声をかけるが、あまり反応がない。このまま彼女は死んでしまうのだろうか。そんなことは、絶対に許せなかった。

「ケイトリン……死なないでくれ……」

医者はまだなのか。このまま彼女が死んでしまったら、自分はこれからどうやって生きていけばいいのか判らない。

ジェイクは今まで知らなかった恐怖を味わっていた。愛する女性を失う恐怖だ。

ベッドに跪《ひざまず》き、彼女の力のない手を握る。

「愛してる……ケイトリン。どんな罰でも受けるから、一生、傍にいてくれ……！」

ジェイクは彼女を幸せにすると誓った。まだ誓いは果たされていない。まだ彼女は幸せだと言ってくれていない。

もし命が交換できるなら、ジェイクは自分の命を彼女のために差し出すだろう。

その夜、ジェイクは彼女の傍を離れず、手を握りしめたままだった。

第六章　本当の愛

ケイトリンは目を開けて、脇腹がひどく痛むのを感じた。

ここは自分の寝室だ。

ふと、手が握られていることに気づいた。傍らに椅子があり、そこにジェイクが座っていたが、今は上掛けに突っ伏して寝ている。

どうして、彼がここに……？

一体、何が起こったのかしら……？

ケイトリンは頭がボンヤリしていて、上手《うま》くものが考えられなかった。ただ、かすかな記憶の中、ネイサンが銃を構えていたことを思い出す。

そうだわ。わたし、ネイサンに撃たれたんだわ。

ジェイクの手が温かいことに気づき、少しほっとする。ネイサンはケイトリンを撃った後、きっと逃げたに違いない。ジェイクは無事だったのだ。

そして、わたしも死なずに済んだ……。

身体が重い。ひどくだるいし、もちろん痛い。自分の容態はどうなのだろう。銃で撃たれても、必ずしも死ぬわけではないが、死なないまでも負傷した箇所によっては、元の身体に戻るとは限らない。

それでも、ジェイクが無事ならいい。

ケイトリンは不安を抱えながらも、そう思った。

それに、彼がこうして手を握っていてくれたのが嬉《うれ》しかった。ネイサンの仕業だと判《わか》って、罪悪感で看病してくれただけかもしれないが、それでもいい。知らんふりされているよりは、ずっとよかった。

感謝の気持ちで、彼の手に少し力を込める。すると、ジェイクが目を覚ましたようで、身体を起こした。彼はとても心配そうな目つきで、ケイトリンを見つめている。

「よかった……。ずっと目を覚まさないから、心配していた」

「えっ、わたし、撃たれた後、そんなに長く眠っていたの？」

「いや、一旦、目を覚ましたのは覚えてないかな？　医者に手当をしてもらって、痛み止めにアヘンチンキを使った。その後になって高熱が出て、ずっと目を覚まさなかったんだ」

ジェイクはケイトリンの額に載っていたタオルを退けて、そこに手を当てた。そして、にっこり笑う。

「熱が下がっている。これで大丈夫だ」

「わたしをずっと看病してくれたのね……。どうもありがとう」

「いや、礼を言われるようなことはない。君は私の妻だし、ネイサンに撃たれたのは、君のせいじゃない。私のせいなんだから」

ケイトリンははっとした。ネイサンは捕まったのだろうか。そうでなければ、ジェイクの身はまだ危険だということだ。

「ネイサンはどうなったの？」

「船で国外に逃げようとしているところを見つかったよ。金がなくて乗組員になりすまそうとしていたから、すぐには船に乗れなかったんだ」

「そう……。よかった」

「そうだな。捕まってよかった」

彼の言う『よかった』と、ケイトリンの『よかった』はきっと違う意味だ。ケイトリンはジェイクに危害を与えられないからよかったと言っている。彼はこれ以上ないくらいの復讐ができたという意味の『よかった』なのだろう。

「わたしの身体……どうなったの？　撃たれたときは、死ぬんだと思ったのに」

「脇腹をかすっただけだ。しかも、硬いコルセットをつけていたおかげで、ずいぶん弾の勢いが減ったらしい。とにかく、命に別状がなくてよかった。感染症だけが怖かったが、もう大丈夫だ。一ヵ月もすれば傷は塞《ふさ》がるだろうし」

ケイトリンもほっとした。死ぬのも嫌だったが、自分で動けなくなって、彼の邪魔な荷物のようになったらどうしようと考えていたからだ。

「じゃあ、元どおりになるのね？」

「ああ。傷跡は残るだろうが、私しか見ない場所だから、構わないだろう？」

確かに、脇腹を誰かに見せびらかすような趣味は、自分にはない。着替えを手伝ってくれるポリーや医者は別として、ジェイク以外に自分の裸は見せない。

でも、これからはどうなるの……？

助かった喜びや、ジェイクが看病してくれた嬉しさで忘れていたが、二人の間には未解決の問題があったはずだ。

そもそも、ここしばらくは、彼の前で裸になることもなかった。

そして、プレストン夫人のこと……。

ケイトリンはジェイクと彼女が親しげに話をしているところや、連れ立って大広間を出ていくところを思い出した。

ケイトリンはあのことを彼に問い質《ただ》したかったが、その勇気がなかった。身体も頭もどんよりと重たい。上手くものが考えられないときに、訊《き》く元気もない。彼らがなんでもない関係なら、ほっとするだけだろうが、そうでなかった場合はどうすればいいのか判らないからだ。

体力も気力もない今は、プレストン夫人のことなど考えたくなかった。

ただ、彼が熱心に看病してくれたことだけを考えたい。

ジェイクの手がケイトリンの頬を優しく撫《な》でてきた。じっと目を見つめられて、頬が熱くなるのを感じる。

「そんなに……見ないで。きっと、わたし、ひどい顔をしてるから」

鏡は見ていないが、高熱で何日も眠ったままだったなら、間違いなく見蕩《みと》れるような顔ではないだろう。ケイトリンは自分の容貌というものに、それほど自信があるわけではないが、彼は綺麗だと言ってくれる。できれば、ずっと彼には綺麗だと思ってもらえるような顔でいたかった。

「そんなことはないさ」

ジェイクは微笑みかけた。彼の優しさに、涙が出てきそうになる。彼がケイトリンと結婚したのは、義務のようなものだった。復讐のために利用し罪悪感もあり、紳士として責任を取った。それでも、彼はこんなにも優しくしてくれる。

でも……わたしは欲張りなの。

彼が欲しい。彼の愛情が欲しい。彼の何もかもを自分のものにしたかった。

わたしの夢は叶えられないの？　彼の心はあの人のものなの？

「どうしたんだ？　傷が痛むのか？」

ケイトリンは我慢しきれず涙を流してしまった。ジェイクはその涙を見て、慌てたように心配してくれている。

「なんでもないの……。ただ、あなたがあまりにも優しいから……」

「君は私の妻なんだから、優しくするのは当たり前だ。それに、君が傷つけられたのは、私のせいなんだ。私が復讐をしたから、ネイサンは君を撃った」

彼がそんなふうに考えることが、ケイトリンにはつらかった。純粋に、妻が心配だったわけではなく、やはり責任を感じているだけなのだと思うと、判っていても胸が張り裂けそうになってくる。

「あなたのせいだなんて、思ってほしくないわ」

「だが、実際そうだろう？　私があれほどあいつを追いつめなければよかった。君を奪ったところで満足していれば、あいつも銃を持って、待ち伏せしたりしなかっただろう。いや、君でなく、私が撃たれていればよかったんだ」

ケイトリンは彼が倒れているところを想像してしまい、ゾッとした。

「いやよ……。そんなの、いやっ……絶対……いや！」

「ケイトリン……落ち着くんだ。傷に障《さわ》る」

彼はケイトリンを子供のようにあやそうとした。それが二人の関係を象徴しているようで、ケイトリンは悲しかった。

わたしは子供じゃない。彼の妻だわ。対等な人間なのよ。

これ以上、彼に本心を隠すことはできない。彼を愛していることを隠しているから、つらくなる。愛してもらえないのがつらいから、彼に気持ちを知られたくないと思って、今まで隠していたが、そんなことは無意味だ。

片想いでもいい。わたしの本当の気持ちを知ってもらいたい。

その一心で、彼に語りかけた。

「わたしは銃を持ったネイサンを見たとき、先に帰ってきてよかったと思ったわ。ネイサンはわたしを傷つければ満足するんじゃないかと思ったから。あなたが死ぬくらいなら、わたしが死んだほうがいいと思ったのよ」

ジェイクは驚いていた。

それはそうだろう。そんなふうにケイトリンが考えるなんて、彼はまったく想像もしていなかったに違いない。

二人の結婚は、彼にとって責任感で成り立っていたものだからだ。

でも……わたしは違う。最初は意識していなかったけれど、彼を愛しているから結婚したのよ。

「どうして、君はそんなふうに思ったんだ？」

彼は震える声で尋ねてきた。ケイトリンは彼の目を見られなかった。彼の憐れみの表情など見たくない。

でも……言わなくちゃ、彼はわたしの気持ちなんか絶対判らないんだから。

「あ、あなたが死んだら、わたしは生きていけないもの……」

彼は無言だった。ケイトリンは彼の顔を見られないまま続けた。

「わたしが死んでも……あなたは再婚ができるわ。今度は愛する人と結婚ができる。そうすれば、あなたは幸せになれるわ。今度こそ復讐なんて忘れて、幸せに……」

「馬鹿だな！　君は！」

彼に強く手を握られ、驚いて、彼の目を見た。彼の目に涙が溜まっているのを見て、ケイトリンは言葉を失う。

「私が愛しているのは君だ。君以外の人と結婚なんかするものか！」

ジェイクがわたしを愛している……？

ケイトリンは彼の目を見つめて、真実を探ろうとした。彼はケイトリンがまたもや復讐の犠牲になったことで、罪悪感からこんなことを言い出したのではないかと疑ったのだ。だが、彼の眼差しのどこにも後ろめたさは隠れていなかった。

「でも……あなたはプレストン夫人と……」

彼は顔をしかめた。

「確かに昔、婚約していたが、彼女は私が借金を背負っていると判った途端、背を向けた。そんな女を今更……。舞踏会で、君とトリシアが、私と彼女が話していたのを見たことは知っている。彼女に投資の相談を受けたんだが、トリシアのほうは私を誘惑しようしていた。だから、二度と近づくなと言い渡して、きっぱり立ち去ったんだ」

「そ、そうなの……。わたし、お姉様からいろいろ言われて……」

「君の姉さんはわざとそう言ったんだろう。君が自分より幸せになるのは許せないんだ。あの性格は一生直らないかもしれない」

「そうかも……」

ケイトリンは彼にはなんの罪もないのに、不貞の疑いをかけていたことに気づき、謝った。

「ごめんなさい。でも……わたしを愛してるって……本当に？」

やはり、おいそれとは信じられない。彼は嘘《うそ》をつく人ではないが、彼は今までケイトリンをそんなふうに思っていると示したことはない。新婚旅行のときは、優しくしてもらって、彼に少しは愛されているのではないかと思ったこともあった。しかし、ロンドンに戻ってから、二人の間はひどいものになっていた。

ケイトリンは何度、一人で涙を流したことだろう。あのときの悲しみを思うと、彼がケイトリンに話を合わせているだけかもしれないと思ってしまう。

ジェイクは溜息をついた。

「君が信じられなくても仕方ないな。私は自分の気持ちを隠そうとしてきた。思えば、一目惚れだったかもしれない。ただ、ネイサンへの復讐のことが頭にあって、気づけなかった。復讐に君を利用したから、結婚しなければならないと、そう思っていた。でも……いつしか、君を愛していたことに気づいた。君を傷つけるものから遠ざけておきたかったし、君を守り、幸せにしたいと思った。たとえ仕事をしていても、君は私の頭の中に住んでいた。何をしていても、君のことから頭が離れていかなかった」

徐々に、彼の愛の深さが、ケイトリンの心の中に浸透していった。

本当に愛されているのかもしれない……。

彼の眼差しは真剣で、嘘などついていないと判る目をしていた。

「でも……どうして黙っていたの？　わたし、あなたに愛されたかったのに」

「私は君に自分の気持ちを知られないようにしていた。君を愛していると認めることは、自分の幸せを追求していると同じことだ。私は幸せになる資格がない」

ケイトリンは目を大きく開いた。彼がそんなことを考えているなんて、思いも寄らぬことだったからだ。

「それは……どうして？」

ジェイクはそこで言っておいて、迷っているようだった。

「君はまだ体力が戻ってないから、この続きは今度にしよう」

「ダメ！　真実を知りたいのよ。もう……あなたの気持ちが判らなくて、泣いたりしたくない」

ジェイクは、はっとしたように、ケイトリンを見つめた。

「君は……泣いていたのか？」

「そうよ。何度も泣いたわ……。あなたの気持ちが知りたかった。わ、わたしだって……あなたを愛しているんだから……」

ぎこちなく愛の告白をすると、彼はとても悲しげな瞳になった。

「私には君に愛される資格はない」

「また資格の問題？　それは、どういう意味なの？　愛されたり、幸せになったりするのに、資格が必要なの？」

「君だって、家族に母親の死の責任を負わされていたとき、そう思わなかったか？　罪は自分にあると。……もちろん、君にはなんの罪もないが」

ケイトリンは父親と兄から無関心な態度を取られ、姉からは直接責められ、そして寄宿学校で淋しく暮らしていたことを思い出した。確かに、自分は似たようなことを考えていたことがある。

罪悪感というものは、重く苦しいものだった。ケイトリンはそれを脱ぎ捨てることができたが、代わりに愛の苦しみを知ることになった。どちらも苦しいものだ。報われることがない限り。

ジェイクがケイトリンに対して、罪悪感を抱いていたことは知っている。けれども、彼が言っているのは、そういったことではないようだった。

「あなたの場合は、どんな罪を背負っているというの……？」

「ライナスだ。父と継母《はは》が再婚して、私には義弟《おとうと》ができた。子供の頃の彼は、無邪気に私を慕ってくれた。私も本当の弟のように、彼を構い、可愛がったものだ。だが、彼は優しく、気が弱いことで、ネイサンに目をつけられ、無理やり悪の道に引きずり込まれた。そして、父が死に、多額の負債を残したことで、私はその頃、必死で金を稼いでいたんだ。正直……ライナスのことなんて頭になかった。彼はもう大人だ。一人でやれるだろうと突き放していた。何度か顔を合わせたとき、今から考えたら、様子がおかしかった。それでも、気にしなかった。だが、私が知らない間に、ネイサンに賭博場に連れていかれ、借金を背負わされた。ライナスは私に相談することができなかった。せめて、私が彼と話をしていれば……川に身を投げずに済んだのに……」

彼が必要以上にネイサンに復讐を企んでいたのは、そういう理由だったのだと判った。ネイサンに復讐することで、ライナスに償《つぐな》いをしようとしていたのだ。ライナスのための復讐というより、ジェイクのための復讐だった。

「私はライナスを見捨てたんだ……。彼の未来は閉ざされてしまった。まだ恋もしていなかった。それなのに、私だけが幸せになれるだろうか。誰かを愛して、愛されるような関係になるなんて、許されないと……」

「それは違うわ」

突然、声がして、ケイトリンは扉のほうを見た。そこにはブレアが立っていて、ケイトリンに力ない微笑みを見せた。

「ジェイクと交替しようと思って来たの。よかったわ、ケイトリン。顔色もよくなって」

「すみません、お義母様《かあ》。ご心配をかけてしまって……」

「いいのよ、ケイトリン。それより、今、耳にしたことが気になって……。ジェイク、ライナスの死はあなたの責任なんかじゃないわ」

「いや、私の責任だ。ライナスは私を慕っていたんだから、私が悩んでいることに気づいてやるべきだった」

ブレアは首をゆっくりと振った。

「あの頃のあなたには、そんな余裕はなかったわ。昼も夜も、ずっとお金の心配をしなくてはならなかった。わたしこそ……ライナスに目を光らせるべきだった。母親のわたしが。あなたにはなんの責任もないのよ。本当の兄弟ではないんですもの」

「いや、私は家長だから。ライナスは私の弟です。私の家族です。だから……」

ケイトリンはふと虚《むな》しくなった。ライナスの死に責任を感じている。しかし、直接、死に追いやった本人は大した責任を感じていないのだ。

「わたしは二人がそう思う気持ちが、すごく判るわ。でも……もう前を向いてもいいと思うの。

わたしの父は言っていたわ。過去は忘れることはできないし、責任を感じる心からは逃れられない。けれども、もう決して取り返すことができない後ろを見るより、前を向こうって……。わたし、ライナスとは会ったことがないけど、人柄を聞くと、彼は二人を恨んではいないと思うわ。それどころか、二人が幸せになることを祈っていると思うの」

ケイトリンは自分でそう言いながら、心の隅に残っていた父へのわだかまりがすべて消えていくのが判った。

最後まで頑固に残っていたものは、決して消えないのではないかと思っていた。父や兄と普通に話せるようになっていても、理性で割り切ることができないものがある、と。

でも……父の言ったことは正しかった。

ライナスのことは、自分は当事者ではないからこそ、はっきりと判った。

「ジェイクもお義母様も……幸せになれるわ。責任を感じることで、ライナスをいつまでも過去に縛りつけるのはやめてあげて」

「私達がライナスを……過去に縛りつけていると言うのか？」

ジェイクは呆然《ぼうぜん》としていた。

「ライナスはもう自由になったの。今は苦しいことがない世界にいる。彼は確かに川から見つかったかもしれないけど、本当に身を投げたの？」

「いや……判らない。だが、ネイサンと多額の借金に悩まされていたことは、ライナスの死後判ったんだ」

「わたしはあなたの半分でもライナスに強さがあれば、自ら命を絶ったわけがないと思うわ。だって、お父様が借金を残して亡くなったことで、ジェイクが苦しんでいるのを知っていたはず。そんなとき、自分も同じように借金を残して死ぬかしら。わたしは……そうは思わない」

ブレアは頼りない声で囁《ささや》くように言った。

「じゃ、じゃあ、ライナスは……」

「事故か、もしくは借金取りに川へ放り込まれたのか……。ネイサンにはそこまでのことをするような度胸はなかったでしょうから」

「私に追いつめられるまではな」

ジェイクが付け加えた。確かに、よほどの破れかぶれの心境でなければ、ネイサンは直接手を下さないだろうと思う。彼は甘やかされた貴族で、ずるいことは考えても、犯罪を実行する力などあまりないのだ。

それに、もしネイサンがライナスを殺していたとしたら、もう少し気に病んでいたと思う。自分と関係ないところが手を下したのなら、気にしないだろうが。

ジェイクは溜息をついた。

「ケイトリン……君の話を聞いていると、ライナスは今とても安らかに眠っているような気がしてきた」

ブレアも同意する。

「わたしも同じように思うわ。事故であれ、なんであれ……。ライナスが気にしていた借金はジェイクが払ったし、ネイサンは監獄に行ったのだし」

ケイトリンも確かにそう思う。ライナスの死の真相は、本当のところ判らない。ケイトリンは彼らに責任を感じさせないようにしただけで、彼らもそれは判っていると思う。とにかく、過去から自由にならなくてはいけない。

だって、わたしはジェイクを幸せにしたいんだもの。

彼がわたしを幸せにすると誓ってくれたように。

「ねえ、ジェイク。わたしの幸せは、あなたが幸せであることなのよ」

「どういう意味だ?」

「わたしを幸せにするという誓いを実行にするには、あなたが幸せになってくれなくては」

ケイトリンは微笑んだ。

「いや、しかし……」

頭を切り替えさえすれば、簡単なことなのに、ジェイクはまだ納得してくれない。前を向こうとしてくれないことに、ケイトリンは困惑した。

やはり、こうしたことを説得するのは難しい。けれども、すぐに頭を切り替えられるはずはないのだ。それは自分自身がよく判っている。

ケイトリンは急に疲れを感じてきた。ずっと眠り続けていたのに、こんなふうに意見を交わしたら、疲れるに決まっている。

「わたし、また眠くなってきちゃった……」

「ケイトリン……大丈夫か？」

彼はやはり心配してくれている。これは夫の義務だからそう振る舞っているわけではない。彼の優しさも、思いやりもすべて……。そういった何気ないところに、やはり彼の愛情は潜んでいたのだ。それを見抜けなかった自分は、なんて馬鹿なのだろう。

愛しているなんて……わたしも彼には言わなかったくせに。

ケイトリンは静かに目を閉じた。

「大丈夫。少し休むわ。後は……あなた次第……」

言うだけのことは言った。

ケイトリンは満足していた。

彼はわたしを愛してくれている。わたしも愛していると告白できた。

だから……もうなんの憂《うれ》いもないわ。

ネイサンの事件から一ヵ月ほどが過ぎ、ケイトリンはすっかり元気になっていた。

傷の治りは早くて、もっと前に元気になっていたのだが、ジェイクが普通どおりの生活をすることをなかなか許さなかったのだ。けれども、もう大丈夫だ。

今夜は父とジョージ、メグとその夫を晩餐に招待した。ケイトリンが元気になったお祝いの晩餐会だ。

メグは父に母とのことを聞き、どうしてケイトリンが家の中で蔑《ないがし》ろにされていたかを聞いたらしい。だからといって、メグの性格がよくなったわけではないが、ぎこちないながらも、少しはケイトリンに優しく接してくれるようになったように思う。ケイトリンもメグに言いたいことが言えるようになっていた。

そんなわけで、晩餐は和やかに行われた。もちろん、ブレアもトリシアも同席していて、両家族がみんな楽しい時間を過ごせたようだ。

やがて、客は帰っていき、ケイトリンは二階の自分の部屋に行った。

少し疲れたものの、一時期に比べれば体力も元に戻ったようだった。ポリーを呼び、寝る支度を始める。

ケイトリンが怪我《けが》して以来、寝るときはこの部屋のベッドを使っている。ジェイクとの仲は戻っていて、過保護なくらい面倒を見てくれるが、頑固にも傷が完全に治るまで寝室は別だと言い張っていた。

ライナスのことを、ジェイクは徐々に自分の中で解決していったらしい。詳しいことは聞いていないが、彼は明るい表情をするようになったし、ケイトリンに優しく微笑みかけ、愛しているると何度も言ってくれる。

だから、彼には幸せになる覚悟ができているのだと思う。

ブレアも同様で、もう過去のこととして捉えられるようになったらしく、時々、ライナスの話をしている。もちろん愛しい息子を救えなかったという気持ちはずっと残るのだろうが、それでも彼女も前を向くことにしたのだろう。

ポリーが部屋を出ていくと、ケイトリンはベッドに潜り込み、サイドテーブルに置いた灯《あか》りを消そうとした。そのとき、浴室の扉がスッと開く。浴室の向こうの部屋にいたジェイクがこちらにやってきたのだ。

彼は晩餐会のときに着ていた上着は脱いでいるものの、白いシャツと黒いズボンはまだ身に着けている。彼はまだ寝ないのだろうか。

それにしても、彼が寝室に来てくれることは久しぶりだ。ケイトリンは嬉しくて、彼に笑いかけた。

「どうしたの？　何か言い忘れたことがあったとか？」

たとえば、明日は取引相手と会食するために遅くなるという連絡だろうか。

最近では、ジェイクは仕事で帰りが遅くなることはない。そもそも、何日も仕事を理由にして遅く帰宅していたのは、ケイトリンとあまり近づきすぎないためだったらしい。だが、今はなるべく早く帰ってきてくれて、ケイトリンと穏やかな時間を過ごしている。

彼とただ話すだけで、ケイトリンは嬉しかった。額や頬にキスされるだけでは物足りなかったが、彼はケイトリンが元気になるまで、それ以上のことはしないと決めているようだった。

ジェイクは微笑むと、ケイトリンの身体に手を回した。いきなり彼に抱き上げられて、ケイトリンは驚いて、彼にしがみつく。

「ど、どうしたのっ？」

「もう君は元気になったんだ。今夜から、君が寝るのは、私のベッドの上だ」

ケイトリンの身体はたちまち熱くなってきた。彼がベッドに誘ってくれることを、ずっと待っていたのだ。

今夜……とうとう！

でも、彼はただベッドで寝るだけのつもりかもしれないわ。

そういった時期もあったからだ。二人は同じベッドに寝ていながら、互いの身体に触れないようにしていた。しかし、もうあんなぎこちない関係ではなくなったのだから、そんなことはないはずだ。

それでも、心配になって、ベッドの上に下ろされたときに、小さな声で尋ねた。

「あ、あの……寝るだけなの？」

彼はベッドに腰を下ろし、にっこり笑う。

「どっちがいい？」

「わたしが決めていいの？」

「もちろん」

そう言いながらも、彼は顔を近づけてきた。たちまち唇が塞がれて、ケイトリンはうっとりした。唇へのキスも、彼はしばらくしてくれなかった。キス以上の行為に発展したら、ケイトリンの怪我の治りが遅くなると、頑なに信じていたからだ。

ジェイクはケイトリンの肩を引き寄せ、もっと深く舌を絡めてくる。久しぶりのキスだけに、余計にケイトリンは興奮してきた。もっともっとキスをしたくて、ケイトリンはいつしか彼の首に腕を絡めていた。

そして、キスが深くなればなるほど、身体が熱くなってきて、止められなくなってくる。

彼はそっと唇を離した。ケイトリンの目を見て、笑いながら尋ねた。

「さあ、どっちがいいかな？　寝るだけにしておくか、それとも……」

結局、彼は自分の決めたほうを、ケイトリンが選ぶと判って、言っているのだ。キスはもちろん、その策略を進めるためのものだ。とはいえ、ケイトリンは決してそれが嫌なわけではない。

ケイトリンは頬を染めて答えた。

「……あ……あなたに抱いてもらいたいの……」

照れながらそう言うと、彼は小さく笑った。そして、こつんと額を合わせて、また笑う。

「可愛いな。そんなに真っ赤になって言われると……苛《いじ》めたくなってくる」

「もう……苛めないで」

「どうしようか。君が恥ずかしがることでもしようかな」

「ジェイク！」

彼がこんなふうにからかうのは、機嫌がいい証拠なのだ。ケイトリンは以前のような気安い関係に戻れたことが嬉しかった。いや、以前よりもっと、彼は快活だ。心の中に何か秘めているようなところが、今はない。

愛情を曝《さら》け出しているからだろうか。ケイトリンはそうだと思いたかった。

彼はもう一度キスをしてくる。今度は焦らすようなキスだ。優しいキスではあるが、ケイトリンはもっと激しいキスが欲しかった。もどかしいので、彼の背中に手を回して、身体をすり寄せてみた。

唇が離れると、彼はニヤリと笑い、シャツのボタンを外していく。ケイトリンの目を見ながら脱いでいく彼は、とても色っぽく見えてきて、困ってしまう。

なんだか、とても息が詰まるような気分になってくる。わざとのようにゆっくり服を脱ぐ彼から目が離せない。

彼はちらりとケイトリンを見た。

「君は脱がないのか？」

「わ、わたし……？」

今はナイトドレス一枚だけだ。これを脱げというのだろうか。彼はどんどん脱いでいっている。ケイトリンは仕方なくドレスの襟ぐりについているリボンを解いた。そうして、一気に脱ぎ捨てる。

脱いだ後になって、急に恥ずかしくなってきて、両手で胸を覆う。同じく全裸になったジェイクには笑われてしまったが。

「たったそれだけで恥ずかしい？　困ったな。もっと恥ずかしい格好をさせようと思っていたのに」

彼は久しぶりだからか、気分が高揚しているようだった。けれども、まさかそれほど変なことはしないだろう。ケイトリンはドキドキしながら、ジェイクに手を伸ばし、しがみついた。

温かい肌が重なり、安らぎと同時に興奮を覚える。

直に触れ合うのと、布越しで抱き合うのとでは、まったく違う。ケイトリンは彼の肌が恋しかったことに気がついた。同じベッドで寝ていても、彼と心が通い合わず、苦しかった日々を思い出す。あのときからずっと恋焦がれていた肌の感触だ。

彼もまたケイトリンを抱き締める。だが、彼の意図は別にあった。ケイトリンを抱いたまま、自分が仰向けに寝る。すると、ケイトリンは彼の上に覆いかぶさるような体勢になり、戸惑った。

「ジェイク……」

彼はニヤリと笑う。

「さあ、奥様。私の身体を愛撫していただけませんか？」

わざと丁寧な言葉で要求されて、ケイトリンは目を見開いた。

「えっ……わたしが？」

「そう。君が。できるだろう？」

「で、でも、どうやったらいいのか……判らないわ」

「別に好きなようにしていいんだ。君がやりたいように」

ケイトリンは自分から積極的に何かしたことはなかった。彼が愛撫してくれているときに、遠慮がちにそっと触れたり、撫でたりすることはある。けれども、具体的に何をしたらいいのか判らなかった。

ジェイクが喜ぶようにすればいいんだわ。

そう思ったものの、やはりどうしたらいいのだろう。ケイトリンは彼がしてくれるように自分もすればいいのだと思い立ち、まず彼の唇にそっとキスをした。

自分からするキスはまたいつもと違うような気がした。何度もキスしているのに、急に彼の唇の柔らかさに気づいた。

彼の唇が開く。ケイトリンは思い切って舌を差し込んでみた。何故だかいけないことをしているような気がして、ドキドキしてくる。いつものキスとは違って、これは未知の世界だ。自分の舌が彼の口の中にあるなんて信じられない。しかも、彼の舌が熱烈に絡んできた。こんなキスは初めてだった。

やっと彼の舌に解放されて唇を離したとき、ケイトリンは荒い息をついた。彼はそれを見て、ニヤニヤと笑っている。今のキスはわざとなのだろうか。自分が仕掛けた罠《わな》にはまったような気がして、変な気分になってくる。

続いて、彼の首筋にゆっくりと舌を這《は》わせた。彼はひどくもったいぶったキスをするときがあって、それの真似をしたのだった。同時に、彼の胸に触れてみた。自分の柔らかい胸とは違う、硬い胸板の感触を楽しむ。

ジェイクの身体だわ……。

今更かもしれないが、この身体も愛《いと》しく思えてくる。彼の身体のあちこちに触れたくなり、キスもしたくなってくる。

ケイトリンはやっと愛撫の意味を知った。なんだか優しい気持ちになって、彼の引き締まった腹に手を滑らせ、キスをする。けれども、こんなことをする相手は彼だけだ。他の人にこんなことは絶対にできない。

ああ、彼の何もかもが好きでたまらない。

今までもそう思っていたが、こうして愛撫を続けていると、愛しさが胸に溢《あふ》れてくる。彼のすべてを愛していることを、強く感じた。

やがて、ケイトリンは彼の股間にそっと触れた。ごく自然に屈み込み、彼のものにキスをする。今までこんなことをしたことがなかったのが、なんだか不思議な気がする。それくらい、ケイトリンにとって、それは当たり前の行為だった。

舌を這わせたが、それだけでは足りず、彼のものを口に含む。彼の息遣いや腰のわずかな動きで、彼が感じているのが判って、ケイトリンはうっとりした。自分が彼を感じさせているのだ。

わたしにも、こんなことができるんだわ……。

彼はいつも与える側で、ケイトリンは与えられる側だった。それは、彼がケイトリンを幸せにしようとしていたことと重なるような気がした。

今、ケイトリンは幸せだった。彼と気持ちが繋《つな》がっている。彼もきっと幸せだと感じていると思った。

顔を上げ、目が合うと、ジェイクは微笑んだ。

「こっちにおいで。私も君を愛したい」

そう言われたとき、彼と気持ちが繋がっているという考えが正しかったことを知った。ケイトリンも彼の身体を愛撫しながら、彼への愛が深まったからだ。

今度は彼に横たえられ、丹念に愛撫を施される。肩から指先に至るまで、いや、指の一本一本にまでキスをしてくれる。

そして、彼がキスしてくれる場所がすべて敏感になっていくのが判った。甘い痺《しび》れが指先まで伝わっている。ケイトリンは不思議な気がした。

彼の愛撫は肩から胸へと移る。柔らかい乳房を両手でゆっくりと揉んでいく。すると、乳房の形が彼の手の中で変わった。

「ずっと……こうしたかったよ」

彼の掠《かす》れる声を聞いて、ケイトリンは優しい気持ちになった。

「わ、わたしも……」

先端の色づく部分を、彼はそっと口に含んだ。キュッと吸われて、甘い疼《うず》きを感じる。

「あぁ……ん……」

「……君のその声も聞きたかった」

「そんな……」

「もっと聞きたい。聞かせてくれ……」

彼はそう囁くと、乳首を舌で転がし始めた。

「や……ん」

愛撫されているのは胸なのに、何故だか身体の芯まで気持ちよくなっている。ケイトリンは思わず腰を揺らした。

ずっとこんな愛撫も受けていなくて、久しぶりだからだろうか。秘部の辺りがすでに痺れるように熱くなっていて、我慢できなかった。

「まだだよ……」

彼は焦らすように囁き、乳首への愛撫を続ける。なんだかもどかしくて、ケイトリンは身体をくねらせた。

「も、もっと……して。お願い。わたし……」

彼はクスッと笑った。

「私は君を気持ちよくさせたいだけだ。君の愛撫へのお返しだよ」

「ああ、焦らさないで……」

ケイトリンは懇願した。彼も同じように興奮しているはずなのに、どうしてこんな小憎らしいことを口にできるのだろう。

彼はすっとお腹《なか》を撫でていく。そして、傷跡が残っている脇腹もそっと撫でる。

「君に痛い思いをさせてしまったね」

彼はその傷跡を癒やすように、そっとキスをした。彼はネイサンを追いつめすぎたことを後悔しているのかもしれないが、もう何も言わなかった。代わりに、もう一度、唇を押しつけてきた。

それから、彼は腰から太腿《ふともも》を撫でた。その後を追うようにキスが続いていく。脚の付け根にもキスをされ、ケイトリンはビクンと腰を揺らした。

「あ……ん」

両脚を開かされ、その狭間《はざま》を指でなぞられる。たった一本の指で弄られるだけで、そこが蕩けていくような気がした。もちろん、蜜はすでに溢れていた。

彼はケイトリンに見せつけるようにその指を舐《な》めた。恥ずかしくなってくるが、ケイトリンは顔を赤らめたまま、それを見つめる。彼のすることを、自分の身体はすべて受け入れているのだ。

その指がケイトリンの内部にそっと挿入された。ケイトリンは自分の中にまで、彼にキスされたような気がして、ドキドキしてくる。

「ぁぁ…あ……ん……ぁっ」

蜜壺が熱く痺れているようだった。そして、ジェイクはケイトリンが一番感じる部分に、舌を這わせる。内部への刺激と同時に行われ、ケイトリンは目をギュッと閉じた。快感があまりにも激しすぎて、腰を震わせる。

初めてではないのに、何故だか新鮮な気持ちがしてくる。

だって……。

愛し合っていると判っているから。

今までは違っていた。ケイトリンはずっと自分だけが愛していて、彼からは愛されているとは思っていなかった。けれども、今はちゃんと判っている。彼から愛される喜びを、今、感じている。

ああ、ジェイク……！

身体の熱が一気にケイトリンの身体を駆け巡った。

一瞬、身体を強張《こわば》らせると、弛緩する。ジェイクは指をさっと引き抜き、すぐに彼自身がケイトリンの中に入ってきた。

内部を貫くものの存在に、ケイトリンは我を忘れた。

だって、久しぶりだから……。

これが恋しかったのだと、今、気づいた。同じベッドに眠りながらも、彼とは触れ合わないようにしていた時期もあった。そのときだって、本当は恋しくてならなかったのだ。

ケイトリンの頭はボンヤリしている。もう、ものが上手く考えられない。自分の身体を貫くものと、それがもたらす激烈な快感のことしか考えられなかった。

愛してる……。愛してる。

ケイトリンは両手を伸ばした。すると、彼は身体を倒し、ケイトリンを抱き締めてくる。ケイトリンも彼の身体にしっかりとしがみついた。

鼓動が溶け合う。二人の身体の何もかもが融合していくような気がして……。

やがて、彼は身体の奥までぐっと押し入り、動きを止める。その瞬間、ケイトリンも絶頂を迎えた。

「あぁあっ……ぁんっ！」

二人は動きを止め、甘い余韻に浸る。息も整わないうちから、ケイトリンは唇を重ねられた。

愛しさの溢れる口づけに酔わされてしまう。

わたしはジェイクに愛されているの……。

あまりにも幸せで、夢のようだった。


身体を離した後も、キスは続く。何度キスしても、どんなに相手の身体に触れても、足りないようだった。

彼はキスの合間にそっと囁いた。

「ずっと、君が欲しかったのに、我慢していたんだ……。本当の意味で、自分のものにしたくてたまらなかったのに。しかも、その感情を表に出すまいとしていた」

それは、ケイトリンが怪我する前のことを言っているのだろう。身体は重ねていても、二人がそれこそ本当の意味で結ばれたのは、今夜が初めてだった。

いつも、お互い感情に蓋《ふた》をして、相手に知られないようにしていた。愛していると伝えるこ

とは、難しいことなのかもしれない。愛し合って結婚したわけではない場合は。

ケイトリンは彼の目を見つめて、頬を火照《ほて》らせた。

「わたしも……同じよ。自分だけが愛していると思っていたし、愛を求めれば苦しいだけと思っていた」

確かに、以前の彼に愛を求めても、苦しかっただろうと思う。彼は愛していることを決して認めなかったはずだ。愛し合えば、幸せになってしまうのだから。彼はそうなることを恐れていた。

「私は君を幸せにできれば、それでいいと思っていたんだ」

ケイトリンは微笑んだ。

「あなたが幸せでなければ、わたしも幸せにはなれないわ。だって……」

「君は私を愛しているから。だが、そんなことには気づかなかった。過去にばかりこだわっていて、君の命まで危うくしてしまった。愚かな私を許してくれるだろうか？」

「許すなんて……。わたしも、いろんなことを選択するときに、たくさん間違いを犯してきたような気がするの。あなただけじゃなく、みんな……そうなんだと思うわ。父もそうだった」

ジェイクは眉を少しひそめて、頷いた。

「君のお父さんは君を苦しめ続けていた。君がそれを乗り越えたとき、私は不思議に思った。どうしたら、それが乗り越えられるのかと。私はいつも過去ばかり振り返っていたから、その

の」

「わたしの場合も簡単ではなかったけど、あなたが傍《そば》にいてくれたから、立ち直れたと思う方法が判らなかった」

「こんな頼りない夫だったのに？」

ケイトリンは笑って、彼にキスをした。

「頼りなくなんかない。素晴らしい夫よ。ライナスのことはあなたの心の中にいつまでもあったかもしれないけど、あなたの優しさや気遣いには、いつも慰められてきたわ。わたしね、あなたを尊敬しているのよ」

「尊敬？　私が君に尊敬されるようなことをしたかな？」

彼は本気で驚いているようだった。自分の中に尊敬される部分がないとでも思っているのだろうか。ケイトリンにはそれこそ信じられなかった。

「あなたはお父さんの多額の負債を、自分の仕事で返したのよね？」

「ああ。父の名誉にかけて、私が返さねばならないと思った」

「こんな世の中なのに、貴族で働こうとしない人も多いわ。ネイサンのように持参金つきの娘と結婚して、問題を解決しようとする人も多い。でも、あなたはその道を選ばなかった。貴族が軽蔑する仕事をしたんだわ。それも、懸命に働いて、ついには借金を返した……」

彼の目は翳《かげ》りを帯びた。

「だが、仕事にばかり目を向けていて、ライナスの面倒を見られなかった」

「ライナスはあなたを誇りに思っていたわ、きっと。仕事に熱心なあなたのことを見ていて、彼は不満に思ったことはないはず」

「そうだろうか……。君は違うと言ったが、ライナスはやはり自分で命を絶ったのかもしれない。私の無関心ぶりを嘆《なげ》きながら」

ジェイクにはケイトリンの言うことが信じられないのかもしれない。心にまだ傷が残っているからだ。

「彼は気が弱くて、そこをネイサンにつけ込まれたのかもしれないけど、あなたに助けてもらいたいとは考えてなかったんじゃないかしら。もちろん、お義母様にも」

「そんな馬鹿な……」

「私は彼のことを知らない。でも、あなたを慕っていたのでしょう？　だから、あなたのすることをずっと見ていたはず。あなたがお父さんの借金をなんとか返そうとしていた。彼はネイサンの悪巧みか何かで、借金を背負ってしまった。そんなとき、彼は借金を残したまま、逃げ出そうとするかしら？　彼はそんな卑怯な人だった？」

ジェイクは目を伏せ、じっと考えていた。しばらくして、ぱっと目を開け、ケイトリンを見る。

「違う。気が弱く、優しすぎるくらいだったが、決して卑怯なんかじゃない。それに、子供の頃から、やると決めたことは、きちんとやり遂《と》げる男だった」

ケイトリンはほっとした。ライナスが亡くなったのは、彼のせいなんかではない。それをはっきりさせておきたかったのだ。

「あなたの義弟はそういう人だったのね……」

「そうだ。だから……私がライナスを死に追いやったなんて考えるのは、ライナスに対する冒瀆《ぼうとく》だ。彼はそこまで弱い人間ではなかった」

ケイトリンは思わず彼の手を両手で握った。それが正しい答えなのだと言いたかった。彼にはなんの責任もないのだと。

だから、あなたはもう自由なのよ……。

「ケイトリン、君はどうして人のことを深く思いやれるんだろう?」

「ただの『人』ではなく、あなただからよ……。あなたに幸せになってほしいからよ」

ジェイクの表情が今まで見たことがないほど、柔らかいものになる。優しく、温かく、すべてを包み込むような眼差しで、ケイトリンを見つめていた。

「私は幸せだよ……」

ケイトリンはにっこり笑った。

「それなら、わたしも幸せになれるわ」

彼は自分の手を包むケイトリンの両手を口元に持っていき、キスをした。

「君という人は……」

「わたしという人は……なんなの？」

「愛しくてたまらない。君に出会えてよかった。君をネイサンから奪ってよかった」

ジェイクはケイトリンを抱き寄せる。

「愛しているよ、ケイトリン」

そう言いながら、彼は顔を近づけてきた。

「わたしも……愛してる」

愛しのジェイク。

もう何もかも心配はいらない。

そっと唇が重なる。

二人の間に愛は眩《まぶ》しいほどに溢れていて……。

ケイトリンはジェイクと一緒に幸せな未来を描いた。

あとがき

こんにちは。水島忍です。今回は、ヒロインであるケイトリンの婚約者ネイサンに復讐するために、ヒーローのジェイクが彼女を婚約発表のパーティーで略奪して結婚するお話です。愛するが故の略奪結婚ではないのですが、ケイトリンは彼に恋をしてしまいます。一方、ジェイクは愛しているのに、その愛を必死に否定するという……。めっちゃ真面目で頑固な人です。ネイサンやらアンバーやら、ケイトリンの家族やジェイクの家族など、いろんな人が絡んできて、二人の恋はあちこちにさ迷いますが、皮肉なことにネイサンのおかげで（？）幸せになるんですね。

登場人物が多かったですが、私はそれぞれのキャラを書いていて、とても楽しかったです。ネイサンやメグみたいな嫌なキャラでも、けっこう楽しんで書いているんですよー。

さて、今回のイラストはウエハラ蜂先生です。ケイトリンはお人形のように可愛くて、ジェイクは美形で格好いいだけでなく、意志が強い感じがして、とっても素敵です〜。まさに眼福ですよね。ウエハラ先生、どうもありがとうございました！

それでは、読者の皆様、この本を楽しんでいただけたら嬉しいです。

水島忍

ガブリエラ文庫

MSG-015
略奪されたフィアンセ

2015年6月15日　第1刷発行

著　者　水島 忍　
装　画　ウエハラ蜂

発行人　日向 晶

発　行　株式会社メディアソフト
〒110-0016　東京都台東区台東4-27-5
tel.03-5688-7559 fax.03-5688-3512
http://www.media-soft.biz/

発　売　株式会社三交社
〒110-0016　東京都台東区台東4-20-9　大仙柴田ビル2F
tel.03-5826-4424　fax.03-5826-4425
http://www.sanko-sha.com/

印刷所　中央精版印刷株式会社

水島忍先生・ウエハラ蜂先生へのファンレターはこちらへ
〒110-0016　東京都台東区台東4-27-5
(株)メディアソフト ガブリエラ文庫編集部気付 水島忍先生・ウエハラ蜂先生宛

ISBN　978-4-87919-316-2　　Printed in JAPAN

Novel 水島 忍
Illustration アオイ冬子
完全無欠のウェディングベル
ドレスを剥ぎ取って
君を恥ずかしがらせたい
持参金目当ての男に襲われかけたところを救ってくれた男性、レオンに恋してしまったルーシー。成功した実業家である彼はその後も彼女を気遣い、親しくしてくれるが気持ちはわからないまま。だが、雨に振り込められて二人きりになったある日、彼はキスをして抱きしめてくれる。「君が気持ちよくなるようにしてあげたい」優しくて情熱的な彼と過ごした夢のような時間。二人の気持ちは寄り添ったはずなのに彼はプロポーズしてくれなくて!?
好評発売中！

Novel 小出みき
Illustration 旭炬
暴君皇子の執愛
奪われた純情
おまえは俺のもの
一生俺だけのものだ
大国の皇太子アレクセルは品行方正で完璧と評判だが、実際は毒舌家の腹黒皇子。その正体を知る属国の姫ステファニアは彼の傍付きにされ、日夜淫らな悪戯をしかけられていた。皇子に政略結婚の話が持ち上がったことから彼から離れようとした彼女は、激昂した皇子に強引に処女を奪われ監禁される。「感じてるおまえは女の顔をしてる。俺を気持ちよくしてくれよ」とまどいながら悦楽に溺れるステファニアに結婚を迫る彼の真意とは!?
好評発売中！

Novel 富樫聖夜
Illustration 成瀬山吹
黒い天使は愛を囁く
気が狂うほど愛して
刻みつけてあげる
妹の母親代わりをして婚期を逃していたエイリーシャは、貞操の危機を幼なじみの伯爵令息、クラストに救われる。彼のことは弟のように思っていたエイリーシャだったが、その事件が噂になり、彼と結婚することに。複雑な胸中で初夜に臨む彼女にクラストは甘く囁く。「戸惑いなんて忘れるぐらい愛してあげるから身を委ねて」次第に彼を夫として意識し始めるエイリーシャだが、文官であるクラストは何やら秘密を抱えていて!?
好評発売中！